「ローゼンクロイツ　仮面の貴婦人」カバー

夫が妻を助けるのに、国を動かす必要などあるまい？

ドラマCD「アルビオンの騎士　第Ⅱ幕」カード

ドラマCD「アルビオンの騎士　第Ⅱ幕」ジャケット

ドラマCD「アルビオンの騎士　第Ⅲ幕」カード

「ローゼンクロイツ　緋色の枢機卿」カバー

オスカーは、
俺を裏切るようなことはしない。
――――信じてる。

「ローゼンクロイツ　カレリヤンブルクの冬宮」カバー

ドラマCD「ローゼンクロイツ　第I幕」ジャケット

ドラマCD「アルビオンの騎士」裏面イラスト

都市の夜を騒がす、
怪盗ローゼンクロイツ。
彼の正体は――
誰も、知らない。

ドラマCD「ローゼンクロイツ　第Ⅱ幕」ジャケット

「ローゼンクロイツ　蒼き迷宮のスルタン」カバー

たった一つだけわかる。
あなたは俺の……愛する人だ。

「ローゼンクロイツ　アルビオンの騎士(前編)」カバー

「ローゼンクロイツ　黄金の都のスルタン」カバー

――だが、渡さない。
セシル……いや、ギュルバハルを
渡すことなど、できない――。

ドラマCD「アルビオンの騎士　第Ⅰ幕」ジャケット

ドラマCD「ローゼンクロイツ」裏面イラスト

僕はあのとき、決意した。
君の王国は、この僕が奪うと……。

The Beans VOL.2「ローゼンクロイツ　黒鷲卿と野望の竜」扉

「ローゼンクロイツ　エーベルハイトの公女」カバー

「俺も今の姿は、男だよ」

「関係ない。セシルはセシルだ。私の愛する」

「ローゼンクロイツ　ナセルダランの嵐」カバー

考えたことはないか？
もし余が、あの男より先に
お前に会っていたとしたら？

ドラマCD「ローゼンクロイツ　第Ⅲ幕」ジャケット

ドラマCD
「アルビオンの騎士　第Ⅳ幕」カード

あなたと一緒ならば、
どんな日も思い出も、
愛おしい――。

「ローゼンクロイツ・プレザン　4つの変奏曲」カバー

ドラマＣＤ「アルビオンの騎士　第Ⅲ幕」ジャケット

「ローゼンクロイツ　黒鷲卿の陰謀」カバー

できることなら、
最後の最後まで、
この人と共に……。

「ローゼンクロイツ　アルビオンの騎士（後編）」カバー

ドラマCD「アルビオンの騎士　第Ⅳ幕」ジャケット

The Beans VOL.1「ローゼンクロイツ　黒公爵と仮面の花嫁」扉

私の名はオスカーだ。セシル。
これからは、そう呼べ。

「ローゼンクロイツ　永遠なる王都」カバー

王宮に向かおう!
私たちの国を、取り戻そう!

ドラマCD「アルビオンの騎士　第Ⅰ幕」カード

ローゼンクロイツ・プレザン

Grand Amour《グラン・アムール》

志麻友紀　さいとうちほ

13519

角川ビーンズ文庫

ローゼンクロイツ・プレザン
Grand《グラン・》 Amour《アムール》

Rosen-Kreuz present

Grand Amour

Contents

Rosen-Kreuz present Grand Amour

口絵・本文イラスト／さいとうちほ　口絵・本文デザイン／松浦千佳

コミック

ローゼンクロイツ

黒公爵と仮面の花嫁

くそっ
体が痛い
夕べ
この男の
やったことの
せいだ
夫になった
ばかりの――
人呼んで
「黒公爵」の

我がアキテーヌの若き宰相――
モンフォール公爵オスカー・ル・グランと
隣国ファーレン帝国の皇帝の姫
セシル・マリーアントン・エリザベート姫
なんてお美しいお二人でしょ
まるでつがいの黒鳥と白鳥のよう
完璧な一対ですな
変だ
は？何が…
国王陛下《ルネ》
モンフォール公は私を助けてくれる国の英雄だ
セシル姫もあんなに美しいのに…
お互い目も合わせないなんて

まるで敵同士のようだ
それはまあ… ファーレンとの戦いをさけるための政略でございますから
――にしてもだ
ぐしゃ
ぐいっ
くすっ
夕べのことがよほど・・コタえたようだな
むかっ

はっ…
セシル様
ぐっ
旦那様に任せなさい
すっ すみません
セシル様の侍女なものですから…
モン…フォール公爵の御家来？
ピネです
おっきい
すっ
セシル公妃
アルマン

親友のリシュモン伯爵アルマンだ
宮廷一のプレイボーイで通っている
リシュモン伯
なんとお美しい…花のようなお手を私に——
転ばれたのは付けなれぬパニエのせいではないかな？
ひそ
偽のセシル公妃ゆえの
バ・ラ・したな
黒公爵がこの親友とやらに
アルマン
すっく

おっしゃることがわかりませんわ
リシュモン伯
にっこり
すっ
まだ逃げるわけにはいかない
偽りの花嫁として切れ者の宰相の元に嫁いできたのには
大切なわけがある
妹・レネットのための——

黒公爵
オスカーに
嫁ぐ直前に
何者かによって
毒殺された
――
かわいそうな妹の
レネット!!
ファーレン帝国皇帝と
愛妾
ハノーヴァー侯爵夫人
との間に生まれた
レネットは
庶子とはいえ
正真正銘の
「姫」だったけど
セシル
犯人は
黒公爵の
可能性も
あります
あなたが
レネットの
代わりに
その
モンフォール公に
嫁いで
真相を探るのです
母上?
なにを
無茶な…
前の夫の子である
あなたを
生んだことを
ずっと
秘密に
してきました
皇帝の寵愛を
受け始めた
大事な時だったから
仕方なかった
それが…
こんな時に
役に立つなんて
我ながら
感心します
まったく
だよ
母親じゃ
ないね

この結婚が成立しなければ妾《わたくし》の立場があやうくなるのです
「女皇帝」とまで称される程の政治家——
汚ないことも平気でやる
子供さえ政治のコマに使う
セシル!!
あなたの才覚を見込んでのことです
「怪盗ローゼンクロイツ」
そう——
夜な夜な貴族たちから金・銀・宝石を巻き上げに現れる盗賊「ローゼンクロイツ」が
セシルの本当の姿
もしも黒公爵が犯人だとわかったその時には
レネットの敵《かたき》として公を殺しなさい

黒公爵をさぐるはずだつた
セシル姫がファーレンより御到着〜〜〜!!
なのに逆に――
やめて下さいっ
アキテーヌの宰相ともあろう方がこんなこと…
恥とは思わないのですかっ?
明日には夫婦になるのだ
一晩早まっただけのこと
それに確かめたいことがある
おまえが本物のセシル姫なら左胸に星形のほくろがあるはず
無ければニセモノだと密告の手紙があった

本物かニセモノか見ておきたい
ピシ

どんっ
言っておきますが……
私は本物のセシルです!!
あなたの見た通り
男ですけど…
セシルですっ

男
くっくっ
あら
思い出し笑い
どこの女のこと?
スミに
おけなくってよ
アルマン
いや
思い出したのは
ある堅物から
聞いた
夕べのおかしな
体験談ですよ
マダム

教えて
言えません
じゃあたとえば?
たとえば…そうですね
働き者の農民の男がよく卵を生むというおスミ付きのメンドリを手に入れた
ところがメンドリはいつになっても卵を生まない
なぜか?
……わからない
オンドリだったんです
まっならば食べてしまえば?
──
こわいことをおっしゃる
でも正解かも
でそなたはどうしたいのだ?

……「どうしたい」って
あなたも国王の後見役である宰相の地位を守るために
この政略結婚を承知したのでしょう?
あなたが欲っしたのは何よりも形としての「妻」のはず
世間が私をファーレン帝国の皇帝の娘と信じているならそれで良いはずでは……
なるほど
これでは誰でもだまされる
私さえも
なにをっ…
確かに
見た目が立派に、セシル姫であれば
中身が男だろうと女だろうと関係ない

もう一つ
言うなら
男も
女としての役目を
果たすことは
できる
――なに…
子供が
できないのなら
より
好都合
何を
要求しようと
してるんだ？
この男！
そっ…
そのようなことっ
教会が
禁じる罪ですっ!!
明日には
男同士で
神の御前で
式を挙げるのだ
今さら
教会に対して
偽りだの
罪だのと
気にすることもない
――男に
ふれられるなら
舌をかみ切って
死んだ方が
ましです！
あなたになど
セシル姫が男だと
世間にばれれば
ファーレンと
アキテーヌの和平は
水の泡になる
それで
いいのか？

す
卑怯者！
私の妻に なるために このアキテーヌに 来たのなら それなりの 覚悟を 見せてもらわ ねばな
この男 俺を たきつけて 試してる
本物か 偽物か 見極めようと する目——
母上と 同じ
血で血をあらう 政治闘争を 勝ち抜いてきた目だ
うわべだけじゃ とても だませない

この男が
確かめようと
してるのは
母上と
俺の――
ファーレン帝国の
「覚悟」
ならば
立派に
見せて
やるまで
亡き妹
レネットの
ためにも

まだ負けるわけにはいかない
これで
よろしいですか？
良い覚悟だ

――男はオンドリを食べてしまった
とても…美味しかったとか
あなたのように……
……アルマン
――！公妃様？お顔がまっ青…
…大丈夫

くそ！
あの男のせいだ
あんなきついことするから…
にっこ
私の侍女のシュザンナを呼んで下さる？
公爵…
聞いておいでなのか？
モンフォール公
これは…陛下
なぜずっと公妃からはなれているのだ
は？
公妃はファーレンからたった一人で嫁いできたばかりだ
心細そうな顔をしているのに…
セシル様!?
いつぜん

急にお倒れになって…
お疲れがたまったのでしょう
昨日こちらに着かれたばかりで結婚式では…
ああ…
なんたる大失態
きっと…
またこの男はあざ笑うに違いな…
ふわり…
公妃を休ませる!! どこかに部屋の用意を
オスカー!

おまえが
わざわざ
運ぶことは
ない
ピネにでも
……
大切な
人質だ
どけ
アルマン
気が
遠くなってく
いくせいか
なんだ
心配することも
ないようだ
このガキ
本当に
心配して
いるように
聞こえた…
END

コミック

ローゼンクロイツ

黒鷺卿と野望の竜

僕の
この想いは
やっかいな
恋に似ている
「伝説の騎士」とまで
呼ばれる英雄――
金色の獅子の
たてがみを持つ
この
アルビオンの王子の
横恋慕に似ている

決して自分にふり向かぬ相手へのおさえ難い程の妄執
ハロルド・ネヴィル!!
私はセシルを逃がさない
たとえ心が手に入らなくとも体だけは私の元に!
そうです ヴァンダリス殿下!
それで良いのです!!
ぼくの それは
セシルの夫 アキテーヌの黒衣の宰相
モンフォール公爵オスカー!!

僕がアキテーヌの名門貴族リシュモン伯爵家のアルマンだった頃——
アキテーヌ国王ギョーム二世のあまたいる愛妾の子の一人としてうちすてられてた君
権力も地位もなく己の身体一つで「宮廷」という化け物と戦っていた僕の親友
王位継承をめぐる権力闘争を戦い抜き
アキテーヌ史上初の市民の力を借りた勢力と奇襲とで
君は突然アキテーヌの頂点に躍り出た

ギョーム二世の
後を継いだ
短命のギョーム三世の
忘れ形身――
幼いルネ殿下に
自らの手で
冠をのせ
ルネ王と国を守る
若く厳格な
名宰相となつた
その時の
僕の心の嵐を
君は
知るまい
君は
政略で
隣国
ファーレンの
皇帝の娘
セシル姫を
めとり
ますます
地位を固めた

たったひとつの誤算は
嫁いできたセシル
実は本物のセシル姫の隠された兄
実は怪盗ローゼンクロイツ
しかもこともあろうに君が男である妻を本気で愛し始めたこと
ああ ひどいよ
オスカー
オスカー……!!
アルマンに撃たれた肩は痛むんだろ？
セシル
おまえだけでも逃げろ
アキテーヌに帰るんだ
一人じゃいやだ!!
オスカーも一緒に…
俺の命と引き替えにしたってオスカーを助ける！
無理だ
わがままを言うな
私はおまえを生かしたい
いやだっ
絶対!!

俺一人
助かったって
何の意味が
あるの？
半分死んだも
同然なのに！
ダメだ
オスカー
一緒に生きて
帰ることだけ
考えよう
ね
セシル…
帰してやっても
いいんだよ？
ただし
姫君は
こちらに残って
もらうけどね
セシル
こちらに
来るんだ
はなせ！
セシル！
！

どうだい
セシル
取引をしないか？
君が殿下との結婚を受けてくれるなら
愛しいオスカーを解放してやってもいい
セシル!!
こいつの言うことを本気にするな!!
約束など破るために存在してると思っている男だぞ!!
やれやれ ずいぶんと信用がない さすが幼なじみだ
だが この陛下の臣下 黒鷲卿が約束するわけじゃない
君を愛しく思うヴァンダリス殿下がお約束して下さることだ
――
結婚式が終われば そなたは私の妻だ
モンフォール公にはもう何のかかわりもなくなる
そうなれば 彼をアキテーヌへも送り届けよう
そなたへの愛とアルビオンの皇太子である誇りにかけて誓う

――本当に？
セシル!!
絶対承諾など……
！
オスカー
悲鳴もあげないか？
さすがだ
昔から君は意地っぱりだった

やめてっ
ならば殿下と結婚を
セシル!!
お前を犠牲にしてまで助かりたいとは思わないっ!!
こいつには私を痛めつけることはできても殺すことはできぬ
セシルを脅すための大事な人質だ
――確かに
だがこういう方法もある!!
君のような危険人物には
あう…

当て身だよ
生かさず
殺さず
気を失わせる
ことなく
息もできぬ
苦しみだけを
与える
ぐっ
どうする？
僕の顔にあるのと
同じ傷を
この男の顔に
つけてやろうか？

！
オスカー……
やめ…
それとも！
片目をえぐり出してやろうか？
そんなっ…
ハロルド！
私はそのような卑怯な脅しは…
殿下！
ー
手段を選ばぬことも覇者としての道ですぞ!!
大丈夫さオスカー片目だけでも物は見えるよ

ゆっくりと…
えぐり出して
やるよ
セシルの返事が
遅れれば遅れる程
君は苦痛を
じっくりと
味わうことになる…
やめてくれ!!
結婚を承知する!!
だから
オスカーを
助けて!!
俺は
どうなっても
かまわないからっ…

殿下
おめでとうございます
セシルを部屋へ
さあ セシル…
…ごめん
オスカ…
オスカー…

オスカー
どんな気分だい？
愛する者が目の前で他の男との結婚を承知したのを見て――
しかも君は何もできない
クスッ
むしろ足かせになった
君のそのきれいな瞳を僕の手でえぐり出すなんて残酷なこと
やはりできそうもないな
やっと君は僕を見てくれているんだからね

ああ…君の屈辱に耐えるその──獣のような瞳
久しぶりに見たうっとりするよ
ギョーム二世陛下にほとんど捨てられたも同然だった母親を持つ君に
他の有力な貴族の母を持つバカ王子たちはよく屈辱を加えていたものだ
同じ兄弟なのに
そのたびに君は黙って耐えていた
僕はそんな君を見るのが好きだった
学問にしても剣術にしても常に僕らの前を走っていた君が──
力を秘めた獣だと知っていたから
この美しき獣がいつかこの愚かな奴らを引き裂くだろうと想像するだけでゾクゾクした

僕と同じ傷——
僕がすべてを失い国を捨てた時についたこの傷と同じ……
——また黙っているなぜ僕のことを聞かない
興味もないというわけか？
子供の頃からそれほど君を慕っていた僕が
アキテーヌの外交官として君の右腕を自負していた僕が——
なぜ君を裏切って国をのっとろうと画策したのか……
知っているさ

おまえの本当の父親は
私と同じギョーム二世だからだ
――
…そうだな
確かにセシルには昔話をしたことがあった
ははは
だが
それでもおまえは自分を抑えるべきだった
おまえの抱いた野望は身に過ぎたものだ
……君がルネ殿下の戴冠式を行った時
僕が何を考えていたか君は知るまい
あの数日前に起きた出来事を――

あの夜――
まだアキテーヌの王位は宙に浮いたままの状態だつた
アルマン!!
この母が許しません!
あなたがどうしてもルネ殿下とモンフォール公に味方するというのなら…
殺します
――母上?あなたに僕が撃てるはずが……
撃てるわ
だってあなたは私の子ではないもの
夫リシュモンの子でさえない

名もない踊り子が生み落とした母なし子
父親である男は困って幼なじみだった私の夫におしつけた
このリシュモン家に不幸を運ぶ疫病神を
その父親の名を知りたい?
ギョーム二世よ
あなたはあのろくでもないモンフォール公と同じ前の国王の妾腹の子供よ
まったく何人隠し子がいることやら……
ほほほほ
私にはまったく無関心な冷たい母だつた
それでも優美な姿にあこがれを持つたこともあつたのに…
銃を…お渡しなさい
いやよ

この…母…を
美しかつた女が魔女の顔に変わつた
殺す…の…
事故だ
呪い
おまえ…は
……
呪いをかけられた
「おまえは王の子」
母殺しの子
人間の顔をした悪魔

封印されていた
運命が
突然
恐ろしい姿を
現わし
僕は
自分の本性と
為すべきことを
悟った
君のいる場所に
僕がいても
おかしくはない
僕は君に
なろう
……
それで…
ほおに
三日月を
おった
ハロルド・ネヴィルとして
よみがえったのか
哀れな
奴……

ガッ
水門をあけろ
は
ザザ
ここはね
昔 罪人を処刑するために作った水牢さ
死の恐怖をたっぷり味わってから君はおぼれ死ぬんだ
なぜ
自分の手でとどめを刺さない
悪魔なら

なぜ最後まで楽しまぬ
案の定
君は助けにきた部下と一緒にセシルを奪還してしまった
僕もまだ甘いということだ
僕のやつかいな想いはまだ続く
END

お楽しみ！

ローゼンクロイツ スペシャル イラスト

本編では絶対に見られない、
あっ！と驚く楽しいイラスト企画。
志麻先生の、裏設定(?)コメントつきです。

Rosen-Kreuz special illustration

Situation1

Cecile&Susanna&Marguerite

　特大のケーキは誰のものなんでしょう？　妥当なところで、ルネの誕生ケーキかもしれません。いや、もしかしたら日頃のお疲れをねぎらって黒衣の宰相閣下にかも。

　シュザンナにとっては大事なお仕事、セシルにとっては料理上手な良妻？の腕の見せ所かもしれませんが、マルガリーテにとっては、まだ面白い遊びの延長かもしれません。

　小さなお姫様一人にケーキ作りをまかせたりしたら、形も味も？なことになるでしょうが、シュザンナとセシルもついていることですし、今日のケーキ作りも大成功だったのではないでしょうか？

Situation 2

Cecile&Oscar&Armand

ローゼンが一番初めに頭に浮かんだ時は、実はドレスにお城の世界ではなく、SFだったんですね。いやSFというより、このイラストのとおりの、(近未来) スパイものだったんです。

セシルは美人スパイ (実は男というところは変わらず・笑) で、確か相手役はどこかの惑星の王子様でした。乗り合わせた、豪華客船というか、豪華宇宙船がテロリストに襲われて、その二人が活躍するうち、恋も芽生えるというような、内容だったと思います。

でも、このイラストのオスカーの雰囲気からすると、美人スパイと同業の凄腕エージェントっていう雰囲気ですね。うしろのアルマンはやはり、謎のテロリスト集団の首領というところでしょうか?

Situation 3

Cecile&Oscar&Farzad

　担当さんがなんでもリクエストしてくれて良いというので、憧れの制服職業を一枚。

　しかも、オスカーとファルザードですよ!　奥さん!（って誰に呼びかけているんでしょう?）セシルの制服姿も可憐ですし、二人はいかにもエースパイロットって感じですね。

　でも、もし三人同乗ってことになると、セシルは客室乗務員ですからね。問題はファルとオスカーですよ。パイロットが二人飛行機に乗るってことはあり得ないから、どちらかがコパイロット。つまり副操縦士!

　なんだか、どっちがキャプテンになっても、コパイロットが反発しそうな雰囲気が。しかし、キャビンの雰囲気は険悪でも、操縦はとってもしっかりしてそうです。

　周りにはベストコンビと思われていながら、実は険悪って感じですね。それに気づいているのは、人気者のスッチー、セシルだけだったりして。

志麻友紀インタビュー

セシルは本当にある日、ひょいと産まれました。

――ローゼンクロイツ完結！ということで、今のお気持ちを教えてください。

本当に終わったのかな？という感じです。ローゼンが始まって……その前の準備期間から含めると四年近く書いていたと思います。ただ、私自身には四年という時間が流れたという感覚がないんです。一つの作品を書き上げると、もう次のお話に取りかかるという状態だったので、本当に無我《むが》夢中《むちゅう》だったんですね。だから、〝もう次はない〟という状態に慣れないというか。確かにエンドマークをつけたのは自分なんですが（笑）。

――シリーズを続けてきて、大変だったこと＆楽しかったことは？

デビュー作でシリーズ化されましたから、プロとしてのお話の作り方とか、なにもかもわからず、手探《てさぐ》り状態で、同時に締め切りは待ってくれないという……今でも締め切り前はひーひー言いながら書いてます。でも、反対にそれだけお話を待っていて下さる方もいるということで、締め切りは大変なんですが、それを乗り越えたあと新しい本が出るのは嬉しいことですね。ということで、大変さと楽しさとは背中合わせだったりします。

――主役の二人、セシルとオスカーのキャラは、どのようにして誕生したのですか？

セシルは本当にある日、ひょいと産まれたんですね。いつの間にか、いたずらっぽい微笑《ほほえ》みを浮かべた妖精《ようせい》のような存在が思い浮かんだ、というより、私の中に〝居た〟という。

オスカーは完全にセシルの王子様として、これも自然にあのような容姿と性格に。だからこの二人はセットで、切り離せませんね。別の組み合わせは考えられません。

――では、ローゼンクロイツのあの世界観は、どのようにして作られたのですか？

実はセシルが誕生したお話って、ＳＦだったんですよ。でもどう転がしてもお話がなんとなくしっくりいかないんです。

ところがある日。未来がいけないなら、過去はどうかな〜とひょいと思いついたんです。そこからはもう自動的に話ができあがったというか、本当にはまったんですね。キャラクターが。

――シリーズのなかで、一番印象に残っている巻はどれですか？

やはり一番最初の『仮面の貴婦人』は印象深いですね。投稿作がデビュー作になって、こんなに続くなんて、本当に思いませんでしたから。

同時に、最後の『永遠なる王都《アンジェ》』も。本当にこのシリーズを終わらせられたんだ、という意味で。

――ローゼンクロイツのキャラのなかで、一番自分に近いキャラはありますか？

うーん、いないと思います。反対の意味でいうと、私の生み出したキャラなので、どこかしら似てるところがあるのかもしれません。

ただ、あえて言うなら、もしかしたらマリーかもしれないと、今、ふと思いました。彼女の奔放《ほんぽう》さって、ある種の憧《あこが》れだったりするので、思いきって書いてました（笑）。

――では、一番好きなキャラは？

ピネ！

一言で終わってしまいましたね（笑）。いや、お婿《むこ》さんにするなら彼だと思うんですけど、どうでしょう？　〝優しくて力持ち〟って理想じゃありませんか。あの、がっちりとした体型も好きなんです。お顔だって、なまじ美男子すぎると浮気の心配とかしなきゃならないし。

――今だから言える、ローゼンクロイツの裏話などあったら、教えてください。

前にも言ったことがあるので、知っている人はいると思いますが、投稿作の『仮面の貴婦人』には、アルマンがいませんでした。

が、彼の登場で本当にこのお話には、劇的な効果が生まれましたからね。シリーズ化が決まったときも、彼が死ぬときがローゼンのお話が終わるときかもしれないと、ぼんやり思ってましたから、やはり彼無しのローゼンって考えられないですね。今では。

――志麻さんにとって、この「ローゼンクロイツ」とはどういう存在でしょうか?

〝デビュー作〟の一言でしょうか。とにかくローゼンから全《すべ》てが始まったと。投稿するときも、これが勝負作だと思っていましたから。落っこちたらあとがないぐらいに。

その後もシリーズ化にドラマCDまで出して頂いて、とにかく記念すべきデビュー作です。この言葉しかないと。

――今回、小説で五年後のローゼンクロイツがえがかれていましたが、十年後、二十年後は、どんな感じなのでしょう?

ルネとマルガリーテは立派な王様と女王様として国を賢《かしこ》く治めたと思います。オスカーはその補《ほ》佐《さ》役の名宰相《さいしょう》として名を残したと。そしてセシルの美しさは変わりません。きっと二十年たっても、伝説となるぐらいに(笑)。

――では最後に、ファンの方々にメッセージをお願いします。

ローゼンがここまで来ることができたのは、本当に応援して下さったファンの皆様のおかげです。ローゼンを、そしてセシルやオスカー達を愛して下さってありがとうございました。

お話はここで終わりますが、彼らの物語は、私や皆さんの心の中でずっと続いていくと思っています。永遠に。

フュテュール・ブリヤン

Futur Brillant

～輝かしい未来～

それは小さなサロンに暖かな春の日差しが差し込む、昼下がり。

部屋には三人の少女達がいた。三人とも同年代、歳《とし》の頃《ころ》は十歳ぐらいというところだろうか。

二人の少女は小さな貴婦人よろしく、コルセットを締《し》め薔薇《ばら》色と白のドレスに身を包んでいる。そしてまるで互《たが》いを鏡に映したようによく似ているのだった。ドレスと同じ色の薔薇の造花で飾《かざ》られた髪《かみ》は、輝《かがや》くばかりの蜂蜜《はちみつ》色。宝石のように美しい灰色の大きな瞳《ひとみ》。ミルク色の肌《はだ》、薔薇色の血色の頬《ほお》、小さな唇《くちびる》。どれをとっても可愛《かわい》らしい。

将来どれほどの美姫《びき》になるか楽しみな、愛らしい双《そう》美人。

色違《いろちが》いのドレスを着ていなければ、たぶんどちらがどちらかわからないだろう。ただ、少女達を良く知るものが見れば見分けがついたかもしれない。一人が控《ひか》えめで楚々《そそ》とした、いかにも儚《はかな》げな眼差《まなざ》しや雰囲気《ふんいき》をそなえているのに対して、一人は強い意志に輝く瞳、生気に満ちあふれた溌剌《はつらつ》とした雰囲気を全身からみなぎらせていた。

もし、初対面の人間が少女達に会いしばらく話し合ったならば、同じ双子《ふたご》でもこれほど性格が違うものかと、目をみはったに違いない。

しかし、以前もそしてこれからも二人の少女がそろった姿を公《おおやけ》の場で見ることはないだろう。その事情は、この物語を読んでいる読者の皆様《みなさま》ならよくおわかりであろう。そして、双子に見える二人の少女の一人が実は少女ではなく、少年であることも……。

そして、もう一人。

黒い巻き毛、黒い瞳の子犬を思わせる少女。服装は、小間使いのお仕着せを着ている。白いレースのフリルで飾られたそれがよく似合う。

彼女の名はシュザンナという。一ヶ月ほど前、知人の紹介《しょうかい》で二人の少女の遊び相手として、屋敷《やしき》に奉公《ほうこう》に上がったのだった。

「うん、おいしい。ばあやの煎《い》れるショコラと変わりない」

「そうですか、セシル様。うれしいですわ」

シュザンナは薔薇色のドレスを着た、セシルと呼ばれる少女ににっこりと微笑《ほほえ》んだ。しかし、これはこの少女だけの名ではなく、後ろで控えめに微笑みうなずく白いドレスを着た少女も同じ名、セシルなのであった。しかし、白いドレスの少女は別の、彼女に特別につけられた愛称《あいしょう》、小王女《レネット》の名で呼ばれることが多かった。薔薇色のドレスを着た少女〝セシル〟との区別をつける為《ため》に。

「ズップリン夫人に習ったかいがありましたわ」

「たった一月で覚えるなんて、シュザンナはすごいね」

「そんな……ショコラを煎れるだけなんて、簡単ですわ」

「煎れるだけなら、誰《だれ》でも出来る。この、わたしでもね。でも、おいしく煎れるとなるとなかなか大変だと思うけど、ねぇ、レネット？」

セシルに問いかけられて、レネットはあいかわらず黙《だま》ったままうなずく。会話に参加するこう。

とはなくても、この姉？と侍女《じじょ》との会話を楽しんでいるようだ。

奉公に上がる前、シュザンナの母は、これから彼女の主人となる小さな貴婦人に『なにごともよく従い、くれぐれも無礼がないように』と繰《く》り返し言い聞かせたのだった。仕える館《やかた》の女主人は、皇帝《こうてい》陛下の〝お遊び相手〟も務められるような大変えらいお方なのだと。その方の機《き》嫌《げん》を損《そこ》ねてしまっては、貧乏騎士《びんぼうきし》である自分たちの家などたちまち取りつぶされてしまうだろう。

幼いシュザンナには、もう立派に成人なされているはずの皇帝陛下にどうして〝遊び相手〟などというものが必要なのかわからなかったけれど……。

ただ、一家の長である父が半年前急逝《きゅうせい》し、跡《あと》継ぎである兄はまだ騎士の叙任《じょにん》を受ける前であったことから、家が大変なのだということはわかっていた。そして、どうやら自分の〝奉公〟にそれがかかっているらしいということも。

だから、シュザンナはたとえ仕える小さな主人がどんなに横暴でも、意地悪でも家の為に耐《た》えようと、かなり悲壮《ひそう》な覚悟《かくご》でこの館にやってきたのだった。

しかし、二人の女主人は優《やさ》しく、自分を同格の女友達として扱《あつか》ってくれる。子供達三人でいるときは身分を忘れて笑い話し合い、侍女の自分には本来口にすることは許されない菓子《かし》を『内緒《ないしょ》だよ』と分けてくれた。そうやって、大人達の目を出し抜《ぬ》きこっそりと舌を出して喜ぶのは、セシルと呼ばれる少女と決まっているのだが……しかしそんな姉？の奔放《ほんぽう》さと正反対に大人しいレネットは憧《あこが》れ楽しんでいる風であった。

「あのね……わたし夢があるの」

それまで黙って……彼女は沈黙《ちんもく》していることが普通《ふつう》なのだが……セシルとシュザンナの会話を聞いていたレネットが口を開いた。

「なあに？　レネット」

それは小さな、もし会話に夢中になっていれば気づかないほどのか細い声だったのにもかかわらず、セシルはすぐに反応して、妹の話を聞く。

それだけでセシルが、姿は映し鏡のようにそっくりな、だが性格はまったく正反対な妹をどれだけ大事にしているか、よくわかるようだとシュザンナはいつも思う。

いや、セシルだけではない。この館の女主人。いまだに直接会うには少し怖《こわ》い、あの夢のように美しいハノーヴァー夫人も、このレネットにはとても優しい。

同じ顔をしたセシルには、普段のお転婆《てんば》な立ち居振《ふ》る舞《ま》いを声をあらげて咎《とが》めることが、たびたびあるというのに。もっとも二人の言い争いは、似たもの同士の親子のケンカなのだと、セシルとレネットの乳母《うば》で、侍女としてのシュザンナの教育係でもあるズップリン夫人が言っていた。シュザンナには、セシルはともかく、マリーの細い眉《まゆ》をつり上げた形相は怖いばかりであったけれど。

「レネットが大人になったら王子様が迎《むか》えに来てくれる。そう信じてるの」

唐突《とうとつ》なその言葉に、セシルとシュザンナは顔を見合わせる。

普段から言葉少ない彼女は、突然《とつぜん》なんの脈絡《みゃくらく》もない事を言い出して、周囲をとまどわせることが多い。

「うん、そうだね。きっと、レネットには素敵《すてき》な王子様がやってくるに違いないと思う。それこそ、おとぎ話の本の挿絵《さしえ》から抜け出したような」

セシルは一瞬《いっしゅん》考え込んだものの、すぐににっこりと笑い受け答える。それでようやく、シュザンナは自分たちが先ほど読んでいた本の話題をレネットが言っているのだと気づく。

『レネットは気まぐれに言葉を発しているわけじゃない。逆に考えすぎちゃって、頭に言いたいことがぐるぐる渦巻《うずま》いているから、本当に言いたいことだけを言うんだよ』鋭《するど》いセシルはそんな妹の性質が誰よりもよくわかり、彼女の言葉を理解しているようだ。

表向き〝ハノーヴァー夫人の一人娘《ひとりむすめ》のセシル皇女〟のために作られた絵本は、当世売り出し中の作家と画家が執筆《しっぴつ》し、話題を振りまいた。最近開発された新しい印刷技術でさっそく量産されて飛ぶように売れたのだが、原本はもちろん、美しい彩色《さいしき》の手書きの挿絵に、革張《かわば》りに金の箔押《はくお》しの装丁《そうてい》と豪奢《ごうしゃ》なものだった。

話の内容はといえば……美しい姫君《ひめぎみ》がとらわれの身となり、勇敢《ゆうかん》な王子がこれを救出する。夢見る少女ならば誰もが憧れるだろうものではある。

当然、レネットも感動したのだろう、ほんのりと頬を染め胸の前で祈《いの》りの形に手を組み、目を閉じて、まるで神様に祈るように呟《つぶや》いた。

「レネットはずっと待っています。きっと王子様が現れるのを信じて」
いつまでも
いつまでも……

♰

「シュザンナは王子様が現れるって信じている？」

「え？」

身体《からだ》の弱いレネットがそろそろ昼寝《ひるね》の時間だとばあやに連れ出され、セシルとシュザンナの二人きりとなったとき、窓の外の風景を見ていたセシルが唐突に訊《き》いた。

「あんなのおとぎ話だって馬鹿《ばか》にする？　それとも、レネットみたいにいつか本当に王子様が自分を迎えにくるはずだって、シュザンナも信じてるの？」

「えっと、その……」

シュザンナは言葉に詰《つ》まる。単なる子供っぽいおとぎ話だと馬鹿にするほどには、彼女はすれてはいない。だが、自分に王子様がやってくると本気で思っているほど、苦労知らずではない。

セシルやレネットに王子様のような相手が将来現れるにしても、侍女の自分にはそんな望みなどないことは、十歳にして奉公に出された彼女にはよくわかっていた。

「絵本に出てくるような立派な王子様なんて考えなくて良い。

シュザンナが将来好きになるとしたら、どんな人がいいのか訊きたいだけ」

窓を見つめていたセシルがくるりと振り返る。シュザンナは瞬間《しゅんかん》ますます赤くなる。好きな人なんて、考えたこともなかったのだ。

「……好きな人なんかいません」

「だから、好きになるんだったら、どんな人が良いか訊いてるの」

「そんな困ります」

「困らないで、考えてちょうだい」

普段はレネットだけではなくシュザンナにも優しいセシルなのに、このときばかりは許してくれないつもりらしく、じっと自分の顔を見つめている。

「…………強くて、優しい人がいいです」

シュザンナは散々迷い考えて答えた。適当に答えることなど考えられないのが、生真面目《きまじめ》な性格を表している。

「優しいはわかるけど、強いってどんな？」

「どんなって……」

「身体が頑丈《がんじょう》ならいいの？　それとも人を十人なぎ倒《たお》せるとか、戦場で無類の働きをするとか……」

「そんなんじゃありません。そうでもいいですけど」

「おかしいね。どちらでもいいなんて」

「心が強い人がいいです。心が強くて優しい……」

「…………」

そのとき十歳のシュザンナには実は自分の発した言葉の意味が、半分もわかっていなかった。わかっていないのになぜか思わず口に出たのだ。

好きになるなら、心の強い人が良いと。

「シュザンナはきっと、良い奥さんになると思うな」

「せ、セシル様、なにを……」

〝奥さん〟なんて言われて、シュザンナは赤くなる。好きな人なんていままで考えたこともなかったのだから、そんな先のことなどむろん想像できるはずもない。

「わたしは待ってなんかいない」

「え？」

セシルは再び窓を振り返り、外の風景をじっと食い入るように見つめて言った。

「わたしは、王子様が現れるのなんかじっと待ってはいないわ」

「セシル様？」

「待ったりしない。わたしは自分から外に出て行くわ」

じっと前を見つめる、セシルの視線の先には池を泳ぐ白鳥の姿がある。風切り羽を切られて飛べない鳥。池の飾《かざ》りとしてずっとこの庭から外へ飛び出すことはできない鳥。

「……このあいだ家庭教師の先生に教わったの。この世界にはファーレンだけではなく、色々な国があって、海の向こうにはもっと知らない世界もあるんだって」

「海……」

話には聞いたことはあるが、見たことはないシュザンナには想像もできない。なんでも湖が千倍にも万倍にも、いやそれ以上になったぐらい大きいのだとか。しかもその水は塩っ辛《から》いのだという。

もちろん、ヴィストの外どころか、この屋敷《やしき》の外にもめったに出ることはないセシルも、見たことがないに違《ちが》いないのだが……しかし遠い空を見つめるその瞳《ひとみ》はすでに想像上の海に飛んでいるようにシュザンナには見えた。それは、この小さな主人がいつかきっと自分の知らない外へと飛び出していくのだという確信に変わり、不安を抱《いだ》かせるような、そんなもので。

「見てみたいの、広い世界を……。

そこにはわたしの知らない風景や人や街が広がっているに違いないわ。

だからいつか、ここを飛び出して、王子様を探しに行くの……」

その十数年後……。

「姫様！　それは正気でおっしゃっているのですか？」

エーベルハイトの騎士《きし》、ファーン・ロー・ド・デュテは、ただ一人の主《あるじ》と決めて仕えている、小さな大公女を見る。

いや、もう小さな……という言葉はいらないのかもしれない。

エーベルハイトの国主であるマルガリーテ姫は、御歳《おんとし》十五歳。西大陸一の古い血を誇《ほこ》るエーベルハイト王家の姫らしく、吟遊《ぎんゆう》詩人が語る物語の中に出てくるような美姫《びき》に成長した。すなわち輝《かがや》くような金の髪《かみ》に、澄《す》んだ湖のように青い瞳。ミルク色の肌《はだ》に、薔薇《ばら》色の頰《ほお》。

青春の輝きそのもののような姫君は、しかし拗《す》ねたようにその赤い唇《くちびる》をとがらせ、目の前の騎士をにらみ。

「わたくしは正気じゃ。正気でルネ殿《どの》と婚約《こんやく》を解消したいと申しておる！」

マルガリーテの言葉に、ファーンは飛び上がらんばかりに驚愕《きょうがく》し。

「そ、そんな！　結婚式はもう十日後なんですよ！　今さら取りやめにするなんて、いくら姫様でも！」

「わたくしはエーベルハイトの国主じゃぞ！　そのわたくしが決めたことに、従えぬとはなにごとじゃ！」

いつもの癇癪《かんしゃく》といってしまえばそれまでだが、しかし『ああ、そうですか』と引き下がれる問題ではない。

「しかし、これは姫様だけ、エーベルハイト一国だけで止《や》めた！　などと言える問題ではありません。御相手《おあいて》があることです！

しかも、その御相手はご承知のとおり、アキテーヌの国王であるルネ陛下。つまりは、エーベルハイトとアキテーヌという国同士の問題に……」

「ええい！　そのようなこと、ファンに説明されなくてもわかっているわ！」

マルガリーテは椅子《いす》から立ち上がり、バンバンバンと床《ゆか》を踏《ふ》み鳴らした。癇癪を爆発《ばくはつ》させるときの彼女の幼い頃《ころ》からのクセである。

「とにかく！　嫌《いや》だと言ったら、嫌なのじゃ！　わたくしはルネ殿とは結婚せぬ！　もう決めたのじゃ！」

これが出たら彼女がテコでも動かないことを知っているファーンは、大変なことになったと天を仰《あお》いでため息をついた。

⚜

しかし、今回の癇癪は単なる〝わがまま〟で済まされない事態だ。

ほとほと困り果てたファーンは、結局、この結婚問題の当事者……その片割れに相談に行ったのである。

「マルガリーテ姫が、婚儀《こんぎ》を取りやめたいと言っている？」

聞いたルネは目を丸くして驚《おどろ》いている風であったが、しかし取り乱してはいない。

「はあ、そうなのです。いつもの……なにかにへそを曲げて御機嫌斜《ごきげんなな》めになられているのかと思ったのですが、姫様《ひめさま》は頑《がん》としてお聞きになられず、こうして恥《はじ》を忍《しの》んで陛下にご報告にあがったしだいでして……」

「うん。確かにそれは困っただろう」

自分との婚約を破棄《はき》すると言われているのにもかかわらず、ルネは少しも不快なそぶりをみせず、むしろファーンに同情的な言葉をかける。

こういうときの、この少年の穏《おだ》やかさと落ち着きは助かるといつもファーンは思う。ルネがマルガリーテと同じ癇癪持ちでなくとも、ごく普通《ふつう》の勝ち気な少年であったなら、二人の婚約はとっくの昔に壊《こわ》れていたに違いない。

ルネもマルガリーテと同じ十五歳。その優《やさ》しい色合いの茶色の瞳と髪の色は変わらないが、成長と共に青年らしい精悍《せいかん》さが具《そな》わってきた。剣《けん》の稽古《けいこ》や馬を走らせているとき、時々見せる厳しい表情は、宰相《さいしょう》である叔父《おじ》モンフォール公に似てきたと、周囲の者は頼《たの》もしく語る。

しかし、叔父のまとう空気が鋭《するど》い剣のような厳格なものなのに対し、この青年の醸《かも》し出す雰《ふん》囲気《いき》はそれとは正反対の柔《やわ》らかなもの。凪《な》いだ海のように穏やかなのだ。そして賢者《けんじゃ》のように思慮《しりょ》深い。

このときも、困り果てたファーンの報告に、あごに手を当てて考え込み。

「なにか姫には、思うところがあるのではないだろうか？　この時期に婚儀を止めるなどと言い出せばどのようなことになるか、わからない姫ではないと思うのだが」

「……はあ……申し訳ありませんが、私にも姫様のお考えがまったくわからないのです。理由をお聞きしても、とにかくご婚約を解消する！　の一点張りで」

「そうか、では、しばらく様子を見てはどうだろうか？　時間をおけば、マルガリーテ姫も落ち着かれるだろうから」

つまりは、ほとぼりが冷めるまで放《ほう》っておこうというわけである。

ルネもさすがに五年、マルガリーテとつきあっているだけある。確かに普段の彼女ならば、翌日には怒《おこ》った原因をころりと忘れて笑い転げている……ということもよくあるのだが。

しかし、ファーンは駄目《だめ》だというように首を横に振《ふ》った。

「お時間があるときには、それも有効な手段でしょうが、残念ながら婚姻《こんいん》の儀は十日後に迫《せま》っています。のみならず、衣裳《いしょう》合わせや儀式の打ち合わせなどがその前にありますから、そのとき、当の姫様があのような駄々をこねているのは、よろしくありません。

それに姫様の御機嫌は、このごろはまことに麗《うるわ》しくなく、今日ばかりではなく連日癇癪を起こして、周りの者に当たり散らしているような状態なのでございます」

本当のことである。ファーン以下、マルガリーテの周りに仕えるものは、ほとほと困り果てて腫《は》れ物に触《さわ》るような状態なのだ。とても二日や三日放っておいたぐらいで、麗しのお姫様の御機嫌が、元の真っ直《す》ぐになおるとは思えない。

その報告にルネは目を丸くし。

「なるほど、早急に対処する必要があるということなのだな」

「はい」

ファーンはまるで政《まつりごと》の大事のように、重々しく頷《うなず》く。

「しかし、どうしてマルガリーテ姫はそのように不機嫌でらっしゃるのだ?」

「はあ……これもよくわからないのです。

しかし、世の花嫁《はなよめ》が結婚前にふさぎ込むということは、よくあるらしいのです。彼女たちの意見をきくと、『幸せすぎて怖《こわ》い』だとか」

「なるほど、マルガリーテ姫もそのような気持ちを抱かれていると?」

「はあ、姫様の場合、似ているようですが少し違うような気もいたします」

「確かに『幸せすぎて不安』な花嫁が、婚約を取り消したいとは言い出さないだろうからなあ」

「はい」

ファーンは頷き、もしかしてそれがルネの精一杯《せいいっぱい》の冗談《じょうだん》ではないかと気づいたが、すでに笑う機会を逸《いっ》していた。

ルネは相変わらず生真面目に考え込んだ表情で口を開く。

「やはりどうも私たちには、女心というものはわからないようだ。これは、最高の助言者に相談すべきだろうな」

その最高の助言者とは……。

✢

白の館《やかた》。中庭の木々は吹き抜ける風にやわらかく枝を揺《ゆ》らし、緑の芝生《しばふ》も眩《まぶ》しい。

そこを一人の男の子が歩いていた。身体《からだ》の大きさからすると、三、四歳に見えるが、その足取りのたどたどしさからするともっと幼いのかもしれない。

「こら！　バトー待ちなさい！」

母親に咎《とが》められ、バトーは驚き、少しおぼつかない足取りで駆《か》け出した。

「だ、だめ！　走っては危ないわ！」

シュザンナの悲鳴もこの場合、逆効果だ。母親がいよいよ怒ったと、誤解した幼子は、さらにあわてて足をもつれさせ。

「危ない！」

シュザンナが両手を頬にあてて、青ざめる。

しかし、バトーの可愛《かわい》らしい鼻が地面とキスするその前に、しなやかな白いかいなが幼子の身体をすくい上げる。

「まあバトー、また脱走《だっそう》してきたの？」

セシルは腕《うで》に抱《だ》いた幼子に話しかける。

「セシル様、申し訳ありません」

追いつき謝るシュザンナに、セシルは「いいのよ」と微笑《ほほえ》む。

蜂蜜《はちみつ》色に輝く金髪《きんぱつ》。灰色とも薄紫《うすむらさき》ともとれる微妙《びみょう》な色合いの引き込まれるような瞳《ひとみ》。ミルク色の肌に薔薇色の血色、若木のようにしなやかな体つき。五年前にこのアキテーヌに嫁《とつ》いできたときと変わらず、モンフォール公妃《こうひ》セシルは美しい。

変わったのは周囲と言えよう。ファーレンからついてきたシュザンナは、セシルの夫であるオスカーの侍従《じじゅう》ピネと夫婦となり、一昨年一粒種《ひとつぶだね》のバトーをもうけた。

そのバトーはただいま二歳。小山のような体つきの父親に似たのか、この歳の子供にしては身体が大きく活発で、母親であるシュザンナは片時も目が離《はな》せないような状態だ。

「本当にすみません。こちらに来てはいけないと、何度も言い聞かせておりますのに……」

「だから気にしないようにと言っているでしょう？　こんな小さな子に言ってもわからないことだし、それにバトーはわたくしに会いにきたのでしょう？」

バトーはお気に入りの優しい貴婦人に話しかけられて、きゃらきゃらと嬉《うれ》しそうに笑い声をあげた。

シュザンナの侍女としての仕事は子育てのために一時休業中だが、ピネの侍従としての仕事があるため、家族三人は白の館に一室を与《あた》えられて暮らしている。

「久しぶりにあなたのショコラが飲みたくなったわ。用意できるかしら？」

「はい、よろこんで」

シュザンナが一礼して一旦《いったん》奥へと下がる。入れ替《か》わりにやってきた侍女が、セシルにそっと耳打ちした。

「マルガリーテ姫様が？」

「はい。今すぐお会いになりたいと」

「使いの方が？」

「いいえ、すでにこちらにおいでになられてお待ちに」

「まあ、大変。すぐにお通しして」

「かしこまりました」

侍女が一礼をしてさっていく。

マルガリーテが宮殿《きゅうでん》内の敷地《しきち》にあるこの館を訪《たず》ねてくることは、珍《めずら》しくもない。もっと小さな子供の頃《ころ》などは、館の侍女さえ通すことなく、いきなりセシルの前に現れ、時には夫婦水入らずを楽しんでいたオスカーを、不機嫌にさせたものだ。

しかし、今は婚儀《こんぎ》が近いこともあって、それがしばらく止《や》んでいた。マルガリーテも、そして同じくルネも。

その彼女が突然《とつぜん》訪ねてきたことに、セシルはほんの少し胸騒《むなさわ》ぎを感じていた。

マルガリーテはいつもと変わらない様子に見えた。いつものように中庭に出した円卓《えんたく》の席につき、彼女が来たときいてシュザンナがあわてて用意したショコラを『久しぶりじゃ』と喜んだ。

「セシルも久しぶりじゃな」

「はい。ご婚儀の準備でお忙《いそが》しいのですから仕方ありませんわね。あともう半月もすれば、全《すべ》ての行事がおわって、落ち着くことが出来るのでしょうけど」

「…………」

セシルがルネとの婚儀のことを何気なく口に出すと、マルガリーテはとたん沈《しず》んだ顔になり黙《だま》り込んだ。

「姫様《ひめさま》？」

「……セシルはモンフォール公のことをどう思っているのじゃ？」

「夫のことですか？　どうと……お訊《たず》ねになられましても」

マルガリーテの真意がわからず、セシルは戸惑《とまど》う。

「一言で良い。つまりは好きか嫌《きら》いかということなのじゃが……」

「愛していますわ」

きっぱりと言うセシルに訊ねたマルガリーテのほうがあきれ顔だ。

「相変わらず熱烈じゃな。神の前で誓《ちか》ったその半月後どころか、半日後に別の相手と愛を語っている、そんな嘆《なげ》かわしい夫婦もいるというのに」

「過ごした時間で愛が冷めるなどということはありませんわ。むしろ、より深まることもあるでしょう」

「そうなのか？」

「ええ、長く過ごせば相手のことをもっと良く知ることになりますから」

「幻滅《げんめつ》することもあるじゃろう」

「そうですわね。でも、そういうこともひっくるめて好きになるのですわ。ああ、わたくしにこんな弱さを見せてくれたのかと……」

「……よくわからぬな」

マルガリーテは顔をしかめる。わからないことが不愉快《ふゆかい》だというように。

「わたくしも夫婦ではないが、ルネ殿《どの》とは五年のつきあいじゃ。しかしその……」

「陛下のことがよくおわかりにならない？」

「ルネ殿はお優《やさ》しいとは思う。穏《おだ》やかで度量が広く、見識高く、思慮《しりょ》深い。まことに王の器《うつわ》にふさわしい方じゃ。……じゃが」

「そこまで陛下のことをおわかりになられていればよろしいのではないのですか？」

マルガリーテの言葉の先をうながす意味で、セシルは口を開く。マルガリーテは深いため息を一つつき。

「そうじゃご立派な方じゃ。じゃが……あの方はわたくしを愛しているのだろうか？」

「姫様？」

マルガリーテは陽光に輝《かがや》く海のように青い瞳をセシルにまっすぐ向けて、口を開いた。

「あの方はわたくしを愛していて結婚をお望みなのだろうか？」

「…………」

セシルもとっさに言葉が出ず、二人のあいだに沈黙《ちんもく》が落ちる。

「奥様」

やってきた侍女がセシルに声をかける。

「なあに？」

「はい、陛下が奥様にお会いになりたいと……」

侍女の口からルネの話が出たとたん、マルガリーテが勢いよく立ち上がる。

「ル、ルネ殿はすでにこの館に？」

「い、いえ……そのもうすぐおいでになるとその……お使いのお方が……」

いきなりマルガリーテに訊ねられた侍女はしどろもどろで答えるが、マルガリーテの慌《あわ》てようはその比ではない。

「わ、わたくしは帰る」

「まあ姫様。よろしかったら、陛下とお茶を……」

「い、いや、ルネ殿も大事な話があるから、ここにくるのだろう。わたくしが居ては遠慮なされる」

と普段《ふだん》なら自分にまったく用がないことでも好奇心《こうきしん》で首をつっこむ、そんな彼女らしくない言い訳を口にする。

「では、お見送りを……」

「い、いや、無用じゃ！　わたくしも用を思い出したのでな」

文字通り逃《に》げるように、彼女は去っていった。スカートの裾《すそ》をつまんで去っていく姿は、さながらその裳裾《もすそ》に車輪がついているがごとく、風のように。

「おかしな姫様ですわね……」

腕を組み首をかしげて、あきらかにルネを避《さ》けている態度だが、セシルはあえてマルガリーテを引き留めなかった。

マルガリーテのルネに対する屈託《くったく》の原因がわからない以上、二人を同席させるのはけして良いことではないと思ったからだ。

⚜

「……そうですの。姫様がそのようなことを言い出されましたの。それは陛下だけではなく、デュテ卿《きょう》も大あわてでしたでしょう？」

「うん、ほとほと困り果てた様子で、私のところに来たよ」

ルネから大体の話を聞いたセシルは、なるほどマルガリーテが彼と顔を合わせたくないはずだと、納得《なっとく》する。

「しかし、姫様はどうしてそんなことを言い出されたのでしょう」

「さあ、それがデュテ卿にもわからないらしいのだ。のみならず、マルガリーテ姫はこのところずっとふさぎ込んでいるような様子だったと、彼は言っていた」

「まあ、それはますますわかりませんわね。本来なら結婚前の女性というのは、幸せ一杯《いっぱい》のものですのに」

「ところがデュテ卿が言うには、世のご婦人方の中には逆に不安になる者がいるらしいのだ。『幸せすぎて怖《こわ》い』とな。

公妃《こうひ》もモンフォール公とのときには、そんな心持ちになったのか？」

「残念ながら、わたくしは『幸せすぎて怖い』のではなく、『不安で一杯で怖い』でしたから、参考になりませんわね。なにしろ、それまで夫とは一度も会ったことはなかったのですから」

「ああ……なるほど」

ルネが、目を二、三度しばたたかせてうなずく。

「言葉は悪いですが、わたくしは政略結婚でこの国にやってまいりましたから。ファーレン皇《こう》帝《てい》の娘《むすめ》として……」

不安で一杯どころか、夫であるオスカーを敵と疑っていたのだ。本来、彼の花嫁《はなよめ》となるはずだった、妹レネット殺害の犯人として。

そのうえ、初めての出会いでいきなり押し倒《たお》されたのだから……とあのときのことを思い出して、思わず赤くなるセシルだった。

「公妃？」

「な、なんでもありませんわ。

そうですわね、幸せな花嫁の気持ちを聞くならば、わたくしよりももっと適任の者がいますわ。ね？　シュザンナ」

「は、はい」

ルネの分のショコラを卓《たく》に置いていたシュザンナは、いきなりセシルに話を振《ふ》られて慌てる。

「あなたはどうだったの？」

「どう……とおっしゃいますと？」

「ピネとの結婚《けっこん》のときよ。不安になったり、意味もなく泣きたくなったりはしなかった？」

「は、はあ……わたくしもそんなことはありませんでした」

「そうね、あなたは今でも幸せだものね。あんな頼《たの》もしい旦那《だんな》様では、不安を感じることなんかないわね」

「セ、セシル様」

赤くなったシュザンナにセシルは声をあげて笑い、ルネもつられて微笑《ほほえ》む。

セシルは改まった表情になり。

「それにしても、どうして姫様は結婚をやめるなんて言い出されたのでしょう？」

「そう、それが私も不思議だったんだ」

ルネも笑いを納めて頷《うなず》く。

「周囲のものはマルガリーテ姫のいつもの我《わ》が儘《まま》だと思っているようだが、しかし、この結婚はエーベルハイト、アキテーヌ両国の将来にもかかわることだ。このような重大な事を単なる我が儘で、翻《ひるがえ》すような姫《ひめ》とは思えない」

「そうですわね。マルガリーテ姫はあの通り、はっきりとご自分の気持ちをおっしゃる方ですけど、ご自分のお立場を忘れるような方ではありませんわ」

セシルは微笑《びしょう》した。確かにマルガリーテは一見あの通りの我が儘放題の姫に見えるが、しかしエーベルハイトの国主としての自覚は、周囲のものが思っている以上にしっかりとしたものがある。

ルネもアキテーヌ一国を背負う国王の立場として、そのマルガリーテの気持ちを思いはかり、そのうえで彼女が婚約を解消するのを理解できないと首をかしげているのだ。そういう意味では、今回のことを単に彼女の我が儘だと思っている周囲の者達よりは、よほどマルガリーテを理解していると言えるだろう。

しかし、その理解は〝同じ国主〟としてのもの……。

このへんにマルガリーテの屈託の原因がありそうだと、セシルは口を開く。

「確かにお二人のご結婚はアキテーヌとエーベルハイト、この二人の国の結びつきでもあります。ですが、その前にもっと大切なことがあるとは思われませんか？」

「大切なこととは？」

「お二人のお気持ちですわ。

もし、このご結婚をお二人が……いいえ、どちらか一人でもそれを義務と感じ、国のために犠《ぎ》牲《せい》となるというお気持ちでしたら、これほど不幸なことはありません」

「……まさか、マルガリーテ姫がそのようなお気持ちだというのか？」

「いいえ、姫様は陛下のことを好きでいらっしゃいます」

そうでなければ、あの人は私のことを愛していないかもしれない……などと不安になることはないだろう。

「むしろ、その逆でらっしゃいますね」

「逆？」

「陛下こそそうではないかとお思いなのだと思います。ご自分とは、アキテーヌ国王の義務としてご結婚なさるのではないかと」

「なっ！　とんでもない！　私は姫を好ましく思っているぞ！」

「それは五年間過ごされたご学友としてではありませんか？　そして長い間の婚約期間の責任をとってご結婚なされるというお気持ちではありませんか？」

セシルとしては、いつも落ち着いているルネから本音を引き出すには、これぐらいキツイ言い方をしなければならないと思い、少々意識して意地悪な物言いをしたのだが。

「断じて違《ちが》う！」

その反応は予想以上で、ルネは即座《そくざ》にきっぱりとセシルの言葉を否定した。

「確かに私はアキテーヌ国王で、自由に外に出て、好ましい女性と会う、そのような機会はなかった。それはマルガリーテ姫も同じだろう。

だが、私たちは五年という期間を学友として過ごし、そしてこの方ならばと思って一緒《いっしょ》になることにしたのだ。私は姫の、自分にはない率直《そっちょく》なところや、時には周りのものが眉《まゆ》をひそめるような闊達《かったつ》ささえ、好ましいと思うのだ」

そこで、ルネは一旦《いったん》言葉を切る。「なにしろ、私にはあんな風にみんなを飛び上がらせるようなことは言い出せないし、やれないからな」そう言い、本当にそんな出来事も楽しんでいるというように、笑う。

「今さら、西大陸各国の姫君達の肖像画《しょうぞうが》を送りつけられて、この中から選べと言われても、私は良く知っているマルガリーテ姫が良いと思う。他の方を選ぶことは出来ない」

「それを姫様にはっきり言われたことがありますか？」

「え……あ、いや……」

ルネは考え込むような仕草になる。確信が持てない、そんな彼らしくなく迷うような口調で。

「わかっておられると思う」

とたん、セシルは呆《あき》れたというように、深くため息をつく。

「思う……ではいけませんわ。恋《こい》する乙女《おとめ》とはとかく不安なもの。まして結婚を控《ひか》えているとあっては、先のデュテ卿の話ではありませんけど、訳もなく泣きたくなったりして当然です。信じたいのに、その方の愛を疑うのも。

そういうときは、千の理屈《りくつ》より、たった一言の『愛している……』という言葉のほうが良い場合がありますわ」

「そういうものなのか？」

初めて知ったというように、目を見開くルネに、セシルは「そういうものですわ」と微笑む。

ルネはしばらく考え込んでいたが、唐突《とうとつ》に立ち上がり言う。

「ありがとう、公妃。私はこれで失礼するよ」

「いいえ、お力になれたのなら幸いですわ」

セシルもマルガリーテのことには触《ふ》れず、別れの言葉に頷く。

ここから先はルネが考えることだ。セシルの助言などあったとあとで知れば、却《かえ》ってマルガリーテはへそを曲げて、それこそ結婚式の当日に『やっぱりやめた』などと言いだしかねない。

そして、セシルにそのことを訊《き》かないルネも、これは自分で解決すべき問題だと、わかっているのだ。

「じゃあ」と立ち去るルネにセシルが「陛下」と声をかける。

「ん？」

「御武運《ごぶうん》をお祈《いの》りしています」

「ああ」

笑って片手をあげて去っていく。少年から青年へとすっかり成長した後ろ姿を、セシルは見送った。

ルネが去ったあと、またよちよち歩きのバトーが、セシルのところにやってきて、シュザンナが慌《あわ》てて追いかけてくるという場面があった。

セシルは「遊びたいさかりですもの。もうお客様は来ないだろうし、いいのよ」と幼子をこの庭で遊ばせてやるよう、シュザンナに告げる。

遊ぶ幼子と母親を見ながら、セシルはなぜか沈《しず》んだ表情で客の去った卓に一人腰掛《こしか》けて、さめかけたショコラを口に運ぶ。

「なにを見ている?」

「オスカー」

かけられた声に振《ふ》り返る。

そこにはいつもと変わらず、黒衣をまとった美丈夫《びじょうふ》の姿があった。そばにきた夫に、セシルは笑顔《えがお》を見せる。

「今日は早かったね」

「ああ、マルガリーテ姫と陛下が来られていたようだな」

そう問われて、彼が宮殿《きゅうでん》から、日の高いうちにこの館《やかた》に帰ってきた理由を覚《さと》る。

「その様子だと、マルガリーテ姫のことも知ってるみたいだね」

「ああ、侍女頭《じじょがしら》が青くなって飛んできたぞ」

「言っておくけど、マルガリーテ姫には……」

「ああ、なにも言うつもりはないぞ。だいたい、頭ごなしにどなっても聞いた様子では反発するばかりだろう。もちろん、ここにきていきなり婚約破棄《こんやくはき》を言い出すなど、自覚がたりないと申し上げたいがな」

　オスカーがセシルの言葉の先を制して言う。困ったものだと眉をひそめてはいるが、顎《あご》に手を当てて。

「あの年頃《としごろ》の娘《むすめ》の扱《あつか》いはどうもわからなくてな」

「そりゃオスカーじゃわからないかもね」

　セシルはくすくすと笑う。泣く子も黙《だま》る黒衣の宰相殿《さいしょうどの》にも、苦手なものが存在するのだ。

「……とにかく、姫様の屈託《くったく》の原因はなんとなくわかったからね。陛下にもそれとなくお伝えしておいたから、あとはお二人の問題だよ」

「若い二人にまかせたままというのは、少々……」

「不安？　だけど、こればっかりは周りがどうこうすれば余計悪化するばかりだと思うけど。人の恋路《こいじ》を邪魔《じゃま》する者は騾馬《らば》に蹴《け》られて死んでしまえ！　ってことわざ、東大陸のどこかの国になかったっけ？

　ようするに陛下がマルガリーテ姫に、ここに至るまでしっかりとご自分の気持ちをお伝えにならなかった。それが原因なんだから」

いたずらっぽく微笑《ほほえ》むセシルに、オスカーも「なるほど、そういうことか」と呟《つぶや》く。

「それは陛下がよろしくないな」

「うん、大変よろしくないよ」

「今夜あたり敵陣《てきじん》に突撃《とつげき》されるか？」

「お別れの挨拶《あいさつ》をしたときは、そんなお顔だったけど」

二人は顔を見合わせて笑う。

そこに「バトー！」というシュザンナの悲鳴が響《ひび》く。二人とも反射的にそちらを見れば、幼児がまた木の根にひっかかり、転びかけている。

ここから駆《か》け寄っていては、間に合わない！

しかし、その顔が地面とキスをするその前に、バトーの身体《からだ》は再び抱《だ》き上げられていた。今度は白くたおやかな腕《うで》ではなく、丸太のように逞《たくま》しい腕に。

大好きな父親に抱き上げられてバトーはきゃらきゃらと笑い声をたて、ピネはその頭を撫《な》でてやる。セシル達に視線を向けたが、オスカーが片手をあげてこちらへの挨拶は無用だと示すと、彼は軽く頭を下げて、自分の妻のそばへと寄った。

会話の内容はわからないが、シュザンナは笑顔でピネを迎《むか》え、何事か話している。微笑ましい家族の様子をセシルは見つめ。

「ねえ、オスカー」

「なんだ？」

「俺とこうなって良かった？」

「なんだ？　今さら」

「時々考える。ううん、シュザンナがバトーを産んでからかな。レネットがあなたの許《もと》に嫁《とつ》いでいたらどうなっていただろうと。本来なら、あなたの横にいるのは彼女のはずだった」

セシルは今は亡《な》き妹に思いを馳《は》せる。自分の横にいるこの人なら、彼女の言う王子様にたぶんなれただろう。

「……だとしたら、あなたは今頃、自分の跡継《あとつ》ぎを腕に抱いて……」

「あのオペラ座で告げたはずだが。私たちには陛下がいると。あの方を立派な王に育てることこそが、私たちの役目だと」

セシルの言葉を遮《さえぎ》って、オスカーがきっぱりと言う。

「それにな。今さら私は子供が欲《ほ》しいから……などという理由で、最愛の妻を離縁《りえん》する気もないのでな」

その言葉に思わずセシルは口元をほころばせ、オスカーに「なんだ？」と訊かれる。

「陛下も同じようなことをおっしゃったから、さすが叔父《おじ》と甥《おい》だと思ってね」

「そうか？」

「うん、今さら他国の姫君《ひめぎみ》の肖像画《しょうぞうが》を送りつけられても困るって……」

「なるほどな」

二人は顔を見合わせ、再び笑い合った。

マルガリーテの寝室《しんしつ》。

就寝時間は過ぎたというのに、彼女はまんじりともしないでいた。昼間、訪《たず》ねたセシルから、おそらくルネに自分の屈託の原因が伝わっていることだろう。

ルネは……ルネは一体どうするのだろうか……そう考えると、寝付《ねつ》くことなどとても出来そうにない。

こつん……

そんな風だったから、窓ガラスを叩《たた》く小さな音に気づいた。何かの予感に突《つ》き動かされるように、寝台《しんだい》から飛び降りるようにして窓に近づけば。

「ルネ殿！」

バルコニーへと続く窓の外、手を振る彼に驚《おどろ》いて、慌てて窓の鍵《かぎ》を開け、中へ招きいれる。

「気づいて下さってありがとうございます、姫。あのままバルコニーの外にいるのはいささか、夜風が身に染《し》みて……」

笑顔で言うルネに、マルガリーテは呆《あき》れて。

「どうしてこんな夜中に、しかもバルコニーから参られたのじゃ？」

「ああ、私たちの部屋のあいだには侍従やら女官やらおりますから。その前を通り過ぎるとなれば大騒《おおさわ》ぎになってしまうでしょう？」

ルネの言うことはもっともだ。婚約者《こんやくしゃ》同士とはいえ、結婚前の若い二人。それが夜中に部屋を訪ね合うなど大変よろしくない行為《こうい》だ。

「だから、軒先《のきさき》伝いにこちらに来たのですよ」

「ルネ殿の部屋のバルコニーからか？」

「ええ」

にっこりと笑うルネに、マルガリーテはくらくらと目眩《めまい》がする思いだった。確かに、二人の部屋のバルコニーの間には、歩いて渡《わた》れるような出っ張りがあるが、しかし、目がくらむような高さなのだ。

「軽はずみもほどほどになされよ！　もし落っこちたら……」

「しっ！　姫、女官長が起きますよ」

ルネが自分の唇《くちびる》に人差し指を押し当てて、マルガリーテが慌《あわ》てて自分の口を両手で塞《ふさ》ぐ。

二人とも、控《ひか》えの間に続く扉《とびら》に視線を送ったが、しかしそこが開いて中に人が入ってくる気配はない。

「それでルネ殿はこんな夜中に何の用事があってこられたのじゃ？」

「姫に大事なお話があるのです」

「大事な話？」

「ええ、婚儀《こんぎ》の日取りも決まって今さらこんなことを言うのは、順番が逆だとおしかりを受けるのを承知で申し上げるのですけど、マルガリーテ姫、私はあなたのことを愛しています」

「…………」

セシルが聞いたら……いや、どんな貴婦人でもこの文句を耳にしたら呆れて、逆に笑い出しそうなほどに真面目《まじめ》な、飾《かざ》り立てる言葉も雰囲気《ふんいき》もなにもない、率直《そっちょく》すぎるほどの愛の告白だった。

それが逆にこの誠実な若者らしいと、微笑ましい気分になる貴婦人もあったかもしれない。

だが、マルガリーテの反応はまったく逆だった。

聞いたとたん表情を強《こわ》ばらせ、低い声を出す。

「それはセシルにそうしろと言われて、いらっしゃったのか？」

「はい。公妃《こうひ》に言われるまで、わたくしは姫の不安に気づきませんでした。そんなことも申し上げてなかったのかと、怒《おこ》られましたよ」

「……結局ルネ殿は、わたくしのことなど何とも思ってらっしゃらないのだな！」

「なにをおっしゃるのです姫！　私は……」

告白したというのに、まったく逆の意味にとらえられてルネが目を丸くする。マルガリーテは「言い訳など、もうよろしい！」と厳しい声で言う。

「セシルに言われたから来られたのでしょう？　そう言わなければ、わたくしが結婚を承知しないと思われたからじゃ！」

「マルガリーテ姫、それは違《ちが》います！　私は本当に姫を！」

「嘘《うそ》じゃ！」

決めつけるように言われて、ルネが押し黙《だま》る。顎《あご》に手を当てて考え込む、彼のいつもの癖《くせ》を見せる。

マルガリーテはといえば、そのルネを見つめながら懸命《けんめい》に泣きたいのをこらえていた。彼はあくまで冷静で、自分一人が取り乱すのは悔《くや》しいと思ったのだ。

しかし、そのルネの冷静さに、自分に対する想《おも》いを……つまりは冷静に考えられるほどどうでもいいのだという……そんな風に感じて、余計悲しくなる。

やがてルネは口を開いた。

「では姫はどうして、私の気持ちを確かめたいのに直接来られず、公妃のところに行ったのです？」

「そ、それは……」

「私たちは結婚前の、いわゆる世に言う恋人《こいびと》同士というものです。その恋人の愛を疑ったなら、直接訊《き》きに来られればよかったのではないのですか？」

「そのようなこと訊けるはずがない！」

「なぜです？　私たちは十日後には神の御前《ごぜん》で夫婦の誓《ちか》いを立てる間柄《あいだがら》ですよ。それなのに、遠慮《えんりょ》して話せないなんて、まったく姫、あなたらしくない」

「………」

理詰《りづ》めで責められてマルガリーテはうつむいた。確かにルネの態度ばかりを責められる自分ではない。彼女もまた将来の妻として、彼を信頼《しんらい》していない行動をとったことになるだろう。情けなさに涙《なみだ》がこぼれかけた、そのとき。

「ああ、すみません。姫を責めているのではないのです」

ふんわりと抱《だ》き寄せられて、マルガリーテは出かかった涙が引っ込むほど驚いた。

ルネが自分を抱きしめている！　婚約者同士であったが、今まで手一つ握《にぎ》ったこともない間柄の二人だったのだ、それが……。

抱きしめられている。

「私たちはお互《たが》い言わなければならないことを、言いそびれて来てしまったようだ。公妃は確かに、私たちにとって大切な友人……姉のようなものですが、でも、これからは本当に一番に相談すべき相手は、妻となるあなたであり、夫となる私だ。そうでしょう姫？」

「じゃ、じゃがルネ殿……」

「姫、私はあなたが満足するような情熱的な言葉も、激しい愛の告白も出来ない、情けない男です。これでは、その愛を疑われても仕方ない。

だが、これだけは言えます。私は姫、あなただからこそ、妃《きさき》に迎《むか》えたいと思ったのです。他の誰《だれ》でもなく、あなたが良いのです。

この言葉ではいけませんか？」

ルネの言葉はマルガリーテの心にすとんと落ちていった。あなたが良いと、あなただからこそと……その言葉を……聞きたかったのだ……。

「……ルネ殿」

マルガリーテの薔薇《ばら》色の頬《ほお》をぽろぽろと透明《とうめい》の滴《しずく》が伝う。

「ああ、姫《ひめ》、泣かないでください。お泣かせするつもりはなかったのですが……」

「う、嬉《うれ》しくても涙が出るものなのじゃ」

ルネの腕《うで》の中でマルガリーテはひとしきり泣き、辛抱《しんぼう》強くルネはつきあう……が。

「姫、困りました」

「なんじゃ？」

涙に濡《ぬ》れた青いサファイヤのような瞳《ひとみ》を向ければ、ルネは気まずそうに視線を逸《そ》らす。

「いえ、不謹慎《ふきんしん》ですが、泣かれる姫はお可愛《かわい》らしい」

「なっ！」

「愛《いと》おしくて、口づけたくなってしまいました」

とささやかれてマルガリーテは真っ赤になる。

「口づけてもよろしいですか？」

「そ、そのようなことは訊くものでは……」

『ない！』という言葉は互いの口の中に消えた。口づけられているという事実にマルガリーテは目を見開き、次にぎゅっと目をつぶった。

ふわりとその身体《からだ》が抱き上げられる。ルネが向かったのはなんと寝台《しんだい》。『ま、まさか……』と思ううちに、そっと下ろされる。

永遠とも思えたひとときへ、固く目を閉じているマルガリーテの額に、柔らかなものがふれ、それがルネの唇だと覚《さと》る。高鳴る鼓動《こどう》、
そして、その身体に布団《ふとん》が掛《か》けられ……。

――え？　布団。

マルガリーテが目を見開き「ルネ殿《どの》！」と呼びかけたそのときには、すでに閉められた天蓋《てんがい》のカーテンの向こうに、ルネの姿はあり。

「おやすみなさい、姫。良い夢を」

「ルネ殿！　ま、またバルコニーから出て行くおつもりか？　それは危険じゃ！　危ない！」

そう言っているあいだにばたんと、扉が閉められる音がした。帰りはどうやら普通《ふつう》のようだととほっと息をつく。

おそらく、扉の向こうに控えていた侍女《じじょ》が慌てているのだろう。ルネが「姫は眠《ねむ》られたばかりだから、そっとして」と答える声が聞こえる。

とても眠れるような気分ではなかったが、マルガリーテは横になり目を閉じた。

今の出来事は夢のようにも思えたが……。

唇《くちびる》の熱さがそれが夢でないと言っていた。

⚜

「アキテーヌ万歳《ばんざい》!」

「王様万歳!」

「新しい王妃様万歳!」

宮殿《きゅうでん》の聖堂の鐘《かね》が高らかに鳴り響《ひび》き、この日開放された王宮の中庭に集《つど》ったアンジェの市民、どころか遠い地方からもやってきた民衆が、新しい国王夫妻に歓呼《かんこ》の声をあげる。

玉座の間のバルコニーの扉が開かれ、今日の主役の二人が姿を現すと、民衆の熱狂《ねっきょう》の声はますます大きくなる。毛皮のマントを羽織り、金モールの儀典《ぎてん》服も眩《まぶ》しく凜々《りり》しい若き国王のルネ。そしてダイヤモンドと真珠《しんじゅ》のティアラ、金糸で花冠《かかん》の模様が織り込まれた白いドレスも眩しい若く可憐《かれん》な新王妃であるマルガリーテ。

二人は民衆の熱狂に応《こた》え手を振《ふ》りながらも、互いに視線を交《か》わしあい幸せそうに微笑《ほほえ》む。その幸福な、高貴にして新しい夫婦の姿に、民衆の歓呼の声もますます大きくなる。

その二人の姿を後ろから見守る、もう一組の夫婦の姿があった。セシルとオスカー。

「俺たちの結婚《けっこん》式を思い出さない? といってもとてもあんな風に仲は良くなかったけど……」

互いにそっぽを向いていたね、とセシルは視線だけで、横に立つ夫を見上げ、話しかける。

「たしかに残念だったな？」

「残念？」

「お前の花嫁《はなよめ》姿を、この目にしっかりと焼き付けられなかったことだ」

そんなことを真面目《まじめ》な顔でいうオスカーに、セシルはおもわず吹《ふ》き出しそうになる。

「なるほど後悔《こうかい》してるんだ」

「まあな。こうなる将来がわかっていたら、もう少し前日に優《やさ》しくも出来たんだが……」

「オスカー！」

こんな場所で不謹慎だよ！　とセシルが睨《にら》み付ければ、くくく……と彼が笑う。


『あのね……わたし夢があるの』


不意に聞き覚えがある少女の声が聞こえたような気がして、セシルは目を見開いた。

バルコニーのマルガリーテは歓呼の声に応えて手を振っている。それは、あの日レネットが憧《あこが》れていた姫君そのもののように見えた。横に立つルネも、憧れの王子の姿に。

なるほど今の二人はおとぎ話のめでたしめでたしの……その王子と王女そのままの姿だ。王と王妃《おうひ》の違《ちが》いはあれど。

そしてあのとき自分は、レネットが去ったサロンでシュザンナに語ったのだ。この目で広い世界を見てみたいと。いつかこの館《やかた》を、この小さな世界を飛び出して……。

そして。

「どうした？」

声を掛けられてセシルは我に返る。目の前にはオスカーの顔。

そう……飛び出した世界の先で出会った愛しい人。

「オスカー」

「なんだ？」

「俺、幸せだよ」

「ずいぶん唐突《とうとつ》だな」

そう言いながらも「私も幸せだ」とささやかれて、肩《かた》を抱かれる。顔が近づいて自然に目を閉じた。

重なる唇。

バルコニーからはいまだ続く歓呼の声。その声があのときのオペラ座の観衆の声に、セシルには聞こえた。

一目でわかる！
ローゼンクロイツの世界

ローゼンクロイツを彩った魅力的なキャラクター達から、
各巻ストーリー、マップまで。
ローゼンの世界を一挙にご紹介。

The world of Rosen-Kreuz

The Characters of Rosen-Kreuz

セシル

モンフォール公妃にして怪盗ローゼンクロイツ。大陸一の美姫と名高い。正義感が強く意外とお人好し。その美しさと、男で元盗賊という秘密ゆえに、いつも騒動に巻き込まれ夫を悩ませている。

オスカー

“黒公爵”と他国から怖れられるアキテーヌの宰相。幼王ルネの叔父にして後見人。冷酷かつ厳格な為政者だったが、セシルと出会ってから徐々に人間らしい面を見せている。妻に関しては情熱的。

ハノーヴァー侯爵夫人マリー

セシルの母。ブルジョア出身ながら、ファーレン皇帝の寵愛を受け公式愛妾にまで成り上がる。権勢欲が強く強引な性格だが、政治的手腕には優れる。

ファルザード

ナセルダランに君臨する若きスルタン。苛烈で奔放、型破りな性格で、まわりからは畏怖され、母とは憎みあっている。亡き寵姫に似たセシルに、徐々に惹かれていく。

ヴァンダリス

凡庸な王にかわりアルビオンを率いる皇太子。英明だが気性が激しく、セシルに熱烈な恋をしている。アルマンを信じて重用するという、致命的な間違いも。

アルマン（ハロルド・ネヴィル）

オスカーの元親友。アキテーヌの名外交官だったが友と国を裏切り、王位を狙うも失敗し逃亡。今は名をかえてヴァンダリスに仕え暗躍する。いまだにオスカーに強い執着を抱く。

The Characters of Rosen-Kreuz

ファーン
エーベルハイトの騎士で、マルガリーテの親衛隊長。毒舌家で皮肉屋。愛称はファン。
ピネ
オスカーの昔からの忠実な侍従で、優秀な密偵でもある。生真面目で無口な大男。
シュザンナ
セシルの輿入れの際について来た、心優しくしっかり者の侍女。ショコラをいれるのが得意。
サラヴァント
生真面目で堅物な、ファーンとは凸凹コンビの親友。二刀流の使い手。愛称はサラ。
マルガリーテ
エーベルハイトの大公女。父亡き後、ルネの婚約者兼学友としてアキテーヌですごす。少し生意気だが利発な少女。
ルネ
アキテーヌの幼王。温厚で年齢よりも落ち着きのある聡明な少年。実はすべての秘密をお見通しの、大人物かも?

フェルナンド
美貌と法王の寵愛を武器にのし上がった枢機卿。策謀家で、法王の座を狙っている。
ジュール
アルビオンの貧しい騎士の息子。アルマンに利用されていたのを、セシルに救われる。
イレーヌ
オスカーの母親。強引に後宮にいれられ伯爵夫人の地位を与えられる。若くして死亡。
ラルセン
アルビオン海軍提督。唯一ヴァンダリスに堂々と諫言する気骨をもった忠臣。
ミーシャ
ルーシーでセシルと親しくなった、大胆で進歩的な思想をもつ青年。のちのルーシー皇帝。
マルク
マリーの元夫で、セシルの実父。俗界の全てを捨てて修道僧となり、修道院で暮らす。

The Map of Rosen-Kreuz

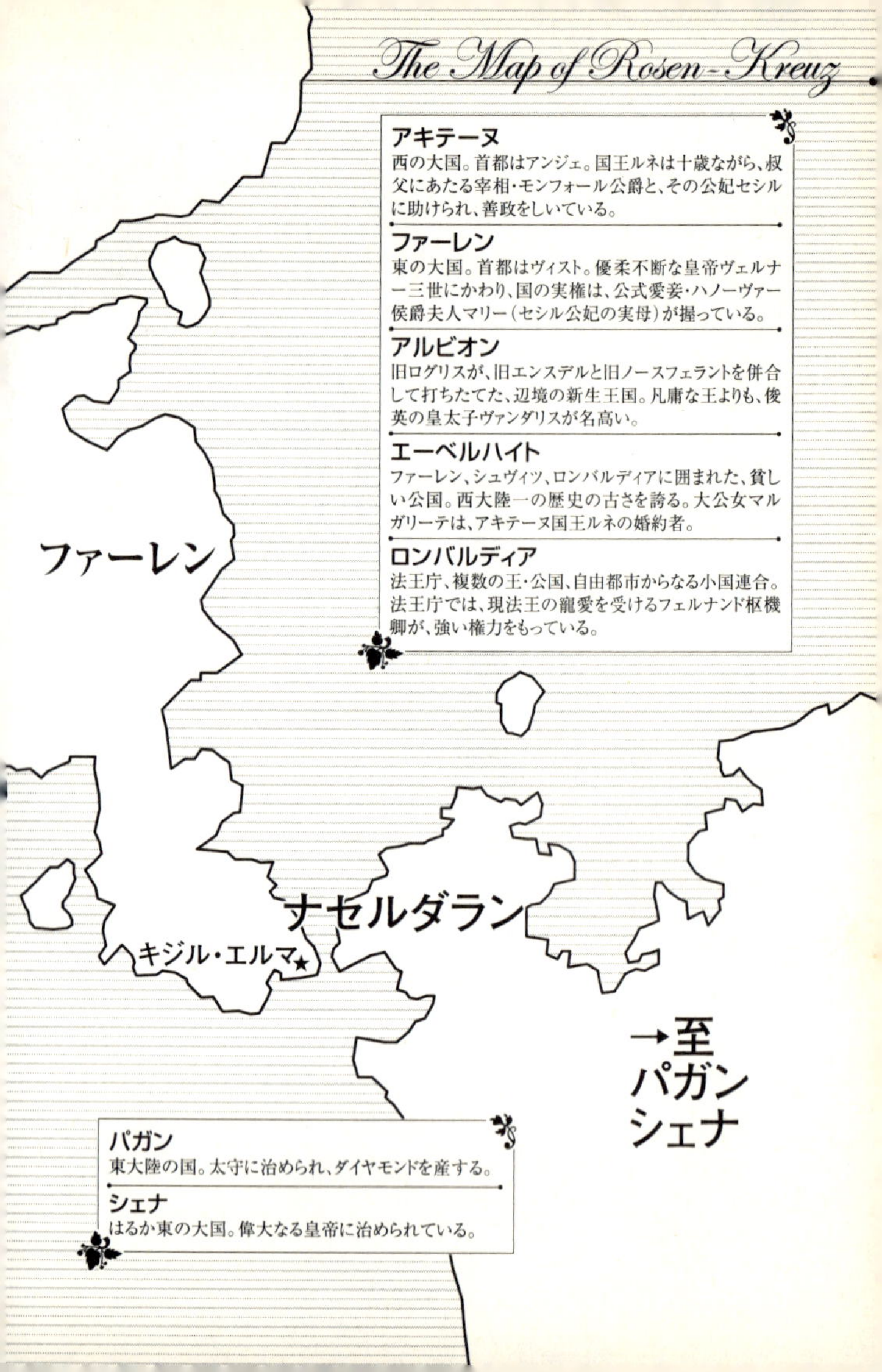

アキテーヌ
西の大国。首都はアンジェ。国王ルネは十歳ながら、叔父にあたる宰相・モンフォール公爵と、その公妃セシルに助けられ、善政をしいている。

ファーレン
東の大国。首都はヴィスト。優柔不断な皇帝ヴェルナー三世にかわり、国の実権は、公式愛妾・ハノーヴァー侯爵夫人マリー（セシル公妃の実母）が握っている。

アルビオン
旧ログリスが、旧エンスデルと旧ノースフェラントを併合して打ちたてた、辺境の新生王国。凡庸な王よりも、俊英の皇太子ヴァンダリスが名高い。

エーベルハイト
ファーレン、シュヴィツ、ロンバルディアに囲まれた、貧しい公国。西大陸一の歴史の古さを誇る。大公女マルガリーテは、アキテーヌ国王ルネの婚約者。

ロンバルディア
法王庁、複数の王・公国、自由都市からなる小国連合。法王庁では、現法王の寵愛を受けるフェルナンド枢機卿が、強い権力をもっている。

パガン
東大陸の国。太守に治められ、ダイヤモンドを産する。

シェナ
はるか東の大国。偉大なる皇帝に治められている。

ナセルダラン
東大陸の異教の大帝国。都はキジル・エルマ。百年前にはファーレンの都を脅かし“東方の悪魔”と怖れられた。若きスルタン・ファルザードが君臨している。

ルーシー
北の大国。”大王”と呼ばれたゲーンリフ二世の治世が長く続いていたが、現在は進歩的な孫のミハイルが、皇帝位についている。

ゴート
西大陸の最西に位置する大国。黒レースが名産品。

バルナーク
西大陸有数の貿易港ベスザを有する、小さいが富裕な公国。

シュヴィツ
西大陸でも珍しい、共和制の中立国。王侯の亡命先としてよく利用される。

「ローゼンクロイツ　仮面の貴婦人」

黒公爵に嫁いだ美しき姫君
その正体は――盗賊!?

大陸の夜を騒がす、謎の怪盗ローゼンクロイツ。その正体は、ファーレン皇帝の愛妾マリーがひそかに産み落とした息子、セシルだった。彼は暗殺された異父妹の身代わりとして、性別をいつわりアキテーヌの宰相オスカーに嫁ぐことになる。最初は憎みあっていた、敵同士の二人だったが…。（2001年10月1日発行）

「ローゼンクロイツ　アルビオンの騎士（前編）」
「ローゼンクロイツ　アルビオンの騎士（後編）」

（2001年10月1日発行／2001年11月1日発行）

“伝説の騎士”にさらわれた
セシルの運命は!?

“ローゼンクロイツ再び現る！”の報におびき出されたセシルは、アルビオンの皇太子ヴァンダリスに拉致される。実は生きていた宿敵アルマンとの再会。そのうえ、とらわれたオスカーの命と引きかえに、ヴァンダリスとの結婚をせまられ…。セシルの魅力につかまってしまった王子様ヴァンダリスの、若気のいたり満載の一作。

「ローゼンクロイツ　エーベルハイトの公女」

幼い公女を守るため…
森の海を逃亡する！

ルネに嫁ぐはずの大公女マルガリーテが、マリーの差し金でさらわれてしまう。セシルは単身、公女を連れ出して逃げようとするが…。初登場のマルガリーテが、とってもかわいい！　さらに、セシルのスマートな騎士ぶり（思わずマルガリーテがセシルに恋してしまうのも納得）が堪能できます。（2002年3月1日発行）

「ローゼンクロイツ　黄金の都のスルタン」
「ローゼンクロイツ　蒼き迷宮のスルタン」

（2002年10月1日発行／
2002年12月1日発行）

記憶喪失のセシルに
新たな愛の嵐が!?

記憶を失ったうえ、異教の大帝国ナセルダランの若きスルタン・ファルザードに献上されてしまったセシル。ハセキ・ギュルバハルとしてハレムでの日々を過ごしていたが、自分を妻と呼ぶ謎の騎士――オスカーの出現に心が揺さぶられ…。とにかくファルザードが、魅力的！　その帝王ぶりは、オスカーもかすんでしまうほど!?

「ローゼンクロイツ　緋色の枢機卿」

セシルの出生の秘密がついに明るみに!?

セシルと母マリーが、なんと魔女裁判にかけられることに！　しかもその陰謀をしかけた枢機卿フェルナンドは、セシルの出生の秘密を握っていて、セシル達は危地におちいる…。セシルの実の父親の登場にも注目。

(2003年4月1日発行)

「ローゼンクロイツ　カレリヤンブルクの冬宮」

ここより第2部に突入！その時アルマンは…

オスカー死す!?の知らせに、セシルは北の大国ルーシーへと向かう。だがそこでセシルが見たものは、顔を隠してルーシーの皇女に寄りそうオスカーの姿。一方アルマンは、皇帝暗殺の陰謀に荷担していて…。

(2003年10月1日発行)

「ローゼンクロイツ　ナセルダランの嵐」

アルマンの策謀は急加速！二人は最大の危機に…

東大陸の大帝国ナセルダランの軍が、ファーレン国境に迫る！　オスカーとセシルは援軍を率いてファーレンに赴くが、それはアルマンがナセルダランのスルタンをそそのかしてしかけた罠だった…。

(2004年1月1日発行)

「ローゼンクロイツ　黒鷲卿の陰謀」

**アルマンの魔の手に
オスカーの反撃が始まる**

アルビオンの軍勢が、アキテーヌの王都アンジェを占領。幼い王を人質にとってしまう。同時にアルマンは、アルビオンを我が手で操るため、ヴァンダリスを陥れようと謀り…。大陸全体を動かすアルマンのお手並みは見事。（2004年4月1日発行）

「ローゼンクロイツ　永遠なる王都《アンジェ》」

**華麗なるグランドロマン
ついに完結!!**

いまだセシルが人質となっている王都アンジェ。だが、アキテーヌ軍とアルビオン軍の決戦は迫る——。セシルとオスカーの運命は!?　そしてアルマンのアキテーヌ簒奪の野望の行方は!?

（2004年7月1日発行）

「ローゼンクロイツ・プレザン　4つ《キャトル》の変奏曲《ヴァリアシオン》」

**セシル、オスカー、アルマン…
彼らの過去の物語**

セシルとオスカーの“初めての××”や、まだナイーブさを残したオスカー少年とピネとの絆、アルマンが野望に目覚めるまでの話など、本編にはない過去が明らかになっていて、かなり見逃せない短編集。（2002年6月1日発行）

Vacances Secrètes《ヴァカンス・スクレ》

～秘密の休日～

シュヴィツの山奥。

ひなびた小さな村があちこちに点在し、羊飼いが羊や山羊《やぎ》を追って行く。田舎《いなか》そのものの風景を抜《ぬ》けたその先に、まるきり場違《ばちが》いに見える宮殿《きゅうでん》のように豪奢《ごうしゃ》な建物があった。

毎日のように何台もの豪華《ごうか》四輪馬車《キャロッス》が、その車寄せに横付けにされ、着飾《きかざ》った貴族やブルジョア、はては名を言うもの憚《はばか》られる、やんごとなき地位の方々が、建物の中に吸い込まれていく。

ここはグラン・ディアマン。やんごとなき方々の秘密の保養施設《しせつ》……とは名ばかり、彼らの目的はその修道院経営の賭博《とばく》場にある。神の御名《みな》をもって、その〝あがり〟は貧しい人々に喜捨されるとあって、罪悪感も無しに、そして秘密の施設であるがゆえに、人目を憚ることなく思いっきり遊ぶことが出来るのだ。

しかし、やんごとなき身分の方々が、ここに集まるのはそれだけの理由ではない。

「ほら、せっかく噂《うわさ》のグラン・ディアマンに着いたっていうのに、そんな顔しないの！」

今日も車寄せに一台の馬車が横付けされ、そこから出てきたのは一人の貴婦人。

口に含《ふく》むと甘そうな蜂蜜《はちみつ》色に輝《かがや》く髪《かみ》に、くるくるとその気持ちのままに色を変える灰色とも薄紫《うすむらさき》ともとれる瞳《ひとみ》。魅力《みりょく》的な大変美しいご婦人だ。

「ただの賭博場ではないか」

その婦人のあとから降り立ったのは、全身黒ずくめの……これまた、大変な美丈《びじょう》夫《ふ》。黒に近い褐色《かっしょく》の髪に、夜明け前の空の色のような濃紺《のうこん》の瞳。

大国アキテーヌの宰相《さいしょう》モンフォール公と、その妻のセシル公妃《こうひ》である。

「そんなこと言わないの。陛下がせっかく休暇《きゅうか》を下さったっていうのに」

こそこそと夫に耳打ちするセシルの口調は、とても高貴な貴婦人のものとは思えない。まるで市井《しせい》の少年のような気軽さだ。

実は、この美しい公妃が男で、かつて西大陸の夜を騒《さわ》がせた怪盗《かいとう》ローゼンクロイツだというのは、夫であるオスカー以下知る人ぞ知る話である。

「ああ、お前と陛下が共謀《きょうぼう》して、私をこんなところに連れてきてくれたのは、涙《なみだ》が出るほどうれしいぞ」

不機嫌《ふきげん》そのものの声で、嫌《いや》みたっぷりに言われて、セシルは肩《かた》をすくませる。

「だって、仕方ないじゃない。あなたがアンジェの宮殿で休んでいては、結局意味がないんだから」

一日や二日の休みをとったとしても、結局誰《だれ》か彼かが使いにやってきて、半日は仕事に潰《つぶ》れてしまう。そんな状態なのだ。

そこで、セシルはルネと相談して、騙《だま》すような形でこのシュヴィッツの山の中に連れてきた。さすがにここまでは使いはやってこないだろうから。

それに……。

「あら、お久しぶりね」

かけられた声にセシルは振《ふ》り返り、目を見開く。

「……本当にお久しぶりですね」

セシルは引きつった笑顔《えがお》で応《こた》える。

そこにいたのは、相変わらず孔雀《くじゃく》のように着飾っている自分の母であるマリーと、隣《となり》にはなんとファーレン皇帝《こうてい》ヴェルナーの姿が。

「わたくしはビビアーナ夫人。こちらは同行者のルーシーのオルソロフ伯爵《はくしゃく》ですわ」

そうマリーが名乗れば、セシルもそれに応え。

「まあ、わたくしたちはクリソンと申します。アキテーヌのデゼールからやって参りました」

デゼールとは、アンジェから遠く離《はな》れた地方都市である。

「この保養所のことを噂に聞いて、一度来てみたいと思っていましたの」

「まあまあ、それはようございましたわね。わたくしどもも初めてなんですのよ」

セシルとマリーは当たり障《さわ》りのない会話を交《か》わし、マリーはヴェルナーに同意を求める。ヴェルナーも「うむうむ」とにこにこ顔でうなずく。

一人、オスカーだけが相変わらずムスリと無表情である。

『お久しぶり』と声をかける既知《きち》の仲で、名乗り合うというのもおかしい話だ。しかし、ここではよく見られる光景ではある。

そして、再び。

「これはこれは、おそろいで」

聞き覚えがありすぎる軽薄《けいはく》な声に、セシルとオスカーはそちらに視線を向けるのも嫌だったが、しかし、相手が近づいてきたのでは仕方ない。

「本当に奇遇《きぐう》だ」

アルマンは満面の笑顔で、そう言う。横にはじっとセシルを見つめる、ヴァンダリス。それに気づいたオスカーがヴァンダリスを睨《にら》み、男二人のあいだに見えない火花が散る。

「いやぁ……長い航海を終えて、すぐにアルビオンに帰らず、こちらに寄ったかいがあったというものです。私はエンスデルの商人ジョン、こちらはステファノン」

その男達の暗闘《あんとう》をよそに、傍《かたわ》らのアルマンは暢気《のんき》な声を出す。名乗った名前も、まったく適当につけたというのが、ありありだ。

「まあ、どちらまで行ってらしたのかしら?」

そう訊いたのはマリー。社交辞令半分と、またこの狐《きつね》がどこかで悪巧《わるだく》みしてきたのか？　という嫌み半分というところだろう。

「ええ、東大陸のスルタンの国まで。蜂蜜色の羽をした美しい小鳥を献上《けんじょう》してきたのですよ」

と、冗談《じょうだん》にもならないことを言い、オスカーに氷のような視線を向けられる。それを凍《こお》るどころか、平然と受け止め、逆にここちよいとばかりニヤニヤといやらしい笑みを浮《う》かべる始末だ。

しかも、冗談が冗談にならない、珍客《ちんきゃく》がまた一人。

「見知った顔がいるな」

一言だけでも尊大なこの響《ひび》き。オスカーによく似たこの美声は……とセシルが硬《こう》直《ちょく》し視線を向けると、そこにはファルザードの姿が。

遠いナセルダランにいるはずの彼がどうして？　と思う暇《ひま》もなく、当人が口を開く。

「とくにそこにいる蜂蜜色の小鳥は、余の庭にひととき羽を休めていたと思うのだが」

「ま、まあ、そのような小鳥などどこにいるのでしょう？」

セシルは引きつった笑顔を浮かべながら、そう応えた。こんな状況《じょうきょう》では、少々気の利《き》かないやり方ではあるが、とぼけるしかないではないか。

ファルザードはそんなセシルを鉛色《なまりいろ》の瞳で見つめ。

「ほう……では余の幻《まぼろし》か。ならば、ずいぶんと良き夢を見たことになるな」

彼の服装は常の、半裸《はんら》にじゃらじゃらと首飾《くびかざ》りをつけた奇矯《ききょう》な恰好《かっこう》ではなく、西大陸の貴族の恰好をしている。白地に銀の刺繍《ししゅう》が入った上着にレースのクラバット。ここでは珍《めずら》しくない恰好ではあるが、褐色の肌《はだ》に銀の髪のスルタンが身にまとっているとなんともいえず異国風の雰囲気《ふんいき》がある。

「失礼ですが、東大陸のお方ですか？」

声をかけたのはマリー。やはり美しい男性は気になるらしい。

「はい、東の国ナセルダランから参りました、美しい方」

ファルザードはマリーの手を取り、その甲《こう》に口づける。「ま」と頬《ほお》を染めるマリーも、横にヴェルナーがいるというのに、まんざらでもない態度だ。

「かのスルタンの横暴な圧政にたえかねて、国を捨てて流れてきた哀《あわ》れな亡命者にございます」

と、己《おのれ》のことを当てこすってさらりと言うなど、かのスルタンはなかなかの演技派のようで。

「まあ、それは大変なことですわね。お気の毒な……」

ここでの自己紹介《しょうかい》など嘘《うそ》だとわかりきっているマリーも、それに合わせファルザードに陶然《とうぜん》とした眼差《まなざ》しを向ける。

「その大変でご苦労な亡命者が、このようなところで遊びほうけていてよろしいのですかな？」

嫌みたっぷりな口調でそう言ったのはオスカー。

「苦しい境遇《きょうぐう》だからこそ、このような浮き世を忘れる場所が必要と思われぬかな？　そちらのほうこそそのように眉間《みけん》に皺《しわ》を寄せて気むずかしい顔をしてばかりでは、せっかく肩にとまっている幸運の小鳥も飛び立ってしまうと思うぞ」

スルタンの切れ長の瞳が思わせぶりにセシルを見る。その視線を遮《さえぎ》り、セシルを自分の背中に隠《かく》すように、オスカーは一歩前へと出た。

「そのような鳥の姿など、どこにも見えませんがな」

「黄金《おうごん》の羽の小鳥ならば、私の鳥かごにも居たことがありますよ」

そう口を挟《はさ》んだのは、それまで黙《だま》っていたヴァンダリス。

「高い塔《とう》の上に閉じこめていたのに、さすが翼《つばさ》ある小鳥だ。ほんの少し目を離したスキに腹黒い鴉《からす》に攫《さら》われてしまった」

そう言いながら、ファルザードと同じくセシルを思わせぶりな瞳で見る。鴉にたとえられた、しかも腹黒い……オスカーは、火の噴《ふ》きそうな眼差しでアルビオンの王子を見たが、そんなことでひるむ彼ではない。

「一度は逃《に》がしてしまいましたが、今度かの小鳥を捕《と》らえましたら二度とは逃がしません」

「猟《りょう》に失敗したものはたいがい同じことをいうものですよ。〝撃《う》ちそこねた銀狐《ぎんぎつね》を今度こそ外さない〟とね。そして、その〝今度こそ〟は、たいがい二度とないもの

だ」

　オスカーが冷ややかに言う。

「それは獲物《えもの》を一度逃がしたぐらいで諦《あきら》める、ふがいない猟師《りょうし》のことでしょう。貴重な宝ならば、一度や二度……いやとてつもない困難はつきものですよ。

　それから申し上げておきますが、私が追い求めているのは、ずる賢《がしこ》い狐などではなく、気高く可憐《かれん》な黄金の小鳥です。その番人である黒き竜《りゅう》を打ち倒《たお》す覚悟《かくご》はありますので」

　鴉から竜へと昇格《しょうかく》したが、しかし〝打ち倒す〟とまで言われたオスカーは、すかさず反論しようと、口を開きかけたが。

「若いということはめでたいことだ。なんでも自分の都合が良い方へと考えられる。己がその竜にずたずたに引き裂《さ》かれて敗北するという可能性を考えもしない」

　そう言ったのはファルザード。腕《うで》を組み上から見下ろすようないかにも尊大な眼差しをむけられ、ヴァンダリスはムッと口を引き結ぶ。

「あなたのほうこそ、ご自分の庭に迷い込んできたという小鳥はどうされたのですか？」

「傷ついた羽をひととき休めてな、飛び立って行った。もとの大空にな」

「……ずいぶんと詩的な言い訳ですな。結局それは逃げられたというのではないのですかな？」

自分と同様に……とヴァンダリスがニヤリと口の端《はし》をつり上げる。しかし、この程度の嫌《いや》みで動じるようなファルザードではない。この若造が！　と逆に余裕《よゆう》の微笑《ほほえ》みさえ見せる。

「翼あるものに空に飛び立つなとは言えまい？　まして、かの小鳥は自由を好む者。それを高い塔の上に閉じこめておこうなど無粋《ぶすい》の極《きわ》みだな」

　ヴァンダリスにそう返し、セシルを見て近づく。

「もちろん、小鳥がどの庭に降り立つかも自由だ。窮屈《きゅうくつ》な番人の庭を逃げ出して、再び余の許《もと》に来るのなら、それも拒《こば》みはしないがな」

「ならば、あなたの庭に二度とやってこないのも、自由と言うわけだ」

　オスカーがあいだに割り込み、ファルザードの前に立ちふさがる。

「ならば、私の庭に小鳥が降り立つということも、あり得《う》るわけですな」

　そこに懲《こ》りずに割り込むヴァンダリス。ピキンと聞こえない効果音が響き、こめかみをひくつかせたオスカーがついにぶち切れて怒鳴《どな》る。

「お前のところなどには、絶対に行かん！」

「なぜあなたが答えられるのですか？　それに世の中には〝絶対〟などということはありません。あり得ないと決めつけるのは、頭が固くなった年寄りの証拠《しょうこ》です」

「己の力も知らず、分をわきまえないというのも若造の証拠だな」

　そう言ったのはオスカーではなくファルザード。車座になった男三人のあいだに、

バチバチと見えない火花が散る。

「まあまあ、皆様《みなさま》」

そこに暢気《のんき》な声をかけたのはアルマン。

「恋《こい》は盲目《もうもく》とはよく申しますが、しかし、ここはグラン・ディアマン、この世の天国と謳《うた》われる場所ですぞ。恋のさや当てをするのなら、顔をつきあわせてうなり声をあげるのではなく、もっと優美に……」

三人はくるりと余分な口出しをしたお邪魔《じゃま》者《もの》を睨《にら》み付け。

「「「お前は黙っていろ！」」」

アルマンはその勢いに「はい……」と返事をしてすごすごと引き下がる。

永遠に続きそうなにらみ合いを解いたのは。

「いい加減にしてください！」

いかにも怒《おこ》ってますますと腕を組んでつかつかと寄ってきたセシルが口を開く。

「どこの庭で遊ぶか、どなたの肩にとまるのかは、その小鳥の意思です。あなたがたが言い争って決められることではありません。翼あるものは自由ですから。それに、そのように怖《こわ》い顔でにらみ合っているような方々のところには、そもそも小鳥どころか、誰《だれ》も近寄りたくありませんわ」

そういい、ぐいとオスカーの腕を取る。

「さあ、行きましょう、あなた」

「あ、ああ」

セシルの勢いにオスカーも押されて思わずうなずく。すたすたと館《やかた》の中に入っていくセシル達を呆然《ぼうぜん》と見送る、残された男達。


「もう、こんなところでもめ事なんて起こさないでよね！」

建物の中に入ってすぐ、セシルがオスカーに耳打ちする。オスカーはまだ不機嫌《ふきげん》さが残る視線を自分の妻に向ける。

「あいつらがなにもしなければな」

「なにもするわけないじゃない！　だってここは中立国のシュヴィッツの上に、さらに……」

「ああ、そうだ。私とお前は、アキテーヌの片田舎《かたいなか》から出てきた小貴族で、お前の母はロンバルディアの未亡人、その横のお方はルーシーの貴族。あの狐はエンスデルの商人で、その横の若造も同じく。そして最後の男はナセルダランからの亡命者だ」

そう、ここグラン・ディアマンでは、中立国シュヴィッツにある保養所、そして高貴な身分の人々が利用することもあって、ある決まり事があった。

すなわち、ここに入ったら互《たが》いの身分を忘れること。そのために偽名《ぎめい》を名乗り、

偽《いつわ》りの身分のお芝居《しばい》を楽しむこと。そして、この館を離《はな》れたなら、そこで起きたことの一切《いっさい》を口外しないこと。

なにより一番大切なのは、外の世界の話を持ち込まない。つまりは政《まつりごと》の話は一切禁止。当然、そのもめ事を持ち込んでの争いなど、厳禁というわけである。

最悪の場合、このグラン・ディアマンから出入り禁止をくらいかねない。西大陸の特殊《とくしゅ》な社交場であるここで、そんな事件を起こすなど、各国の社交界に恥《はじ》を振《ふ》りまくようなものだから、他の者達も自重してくれると信じたいが。

「……うん」

セシルはうなずいたが、甚《はなは》だしく不安だった。

⚜

グラン・ディアマン。ああ、この世のありとあらゆるお楽しみを集めた天国にして、甘美な地獄《じごく》よ……と言ったのは、どこの詩人か。それとも賭《か》け金の負けがこんだ王侯《おうこう》貴族だったのか？

初めて訪《おとず》れた客は、こんな山奥にそのような施設《しせつ》があるのかと不安になり、次に小高い岩山の上にまるでおとぎ話の城のようにそびえる、とんがり屋根の宮殿《きゅうでん》に歓《かん》声《せい》を上げるのだ。

館の中に入ったら入ったで、一番最初に驚《おどろ》かされるのは巨大《きょだい》な噴水《ふんすい》だ。館の中だというのに、最上階まで吹《ふ》き抜《ぬ》けの中央に作られた白い大理石で出来た泉。その真ん中には伝説の騎士《きし》の銅製の彫像《ちょうぞう》があり、その騎士が乗る小舟《こぶね》を引く三羽の白鳥の口から、どうどうと滝《たき》のように水が噴《ふ》き出しているという凝《こ》ったものである。

冬は雪に閉《と》ざされるという館の中には、室内で楽しめる施設が充実《じゅうじつ》しており、小さな、しかし豪奢《ごうしゃ》な劇場では、大陸各国から呼ばれた劇団が、毎日のようにバレエやオペラなどを上演していた。

地下には山肌《やまはだ》の岩盤《がんばん》をくりぬいた洞窟《グロッタ》が造られており、わざわざロンバルディアのカンパラーラに特注して作らせたという色ガラス越《ご》し、揺《ゆ》れる松明《たいまつ》が幻想《げんそう》的な光を投げかける。ここの広大な人造湖にゴンドラを浮《う》かべて、連れだってやってきた恋人《こいびと》……もしくはこの館で知り合った一夜の相手と、愛を語り合うというのも、この館を訪れた者の楽しみの一つだ。

食堂は昼夜を問わず常に開いており、温かな料理をすぐに口にすることが出来る。食材はつねに西大陸中、いや世界各国から集められており、こんな山奥だというのにゴートの血のようなワインに、ロンバルディア名産の水牛のチーズ。ファーレンはヴィストの皇室御用達菓子店《ごようたしかし》の名物である『悪魔《あくま》のケーキ』さえ、食することが出来る。

そして、グラン・ディアマンがもっとも華《はな》やかになるのは、やはり夜である。毛

皮や絹や宝石で着飾《きかざ》った紳士《しんし》、淑女《しゆくじよ》達が次々に賭博《とばく》場の華やかな部屋に現れ、そして思い思いの賭け事の卓《たく》に着く。

もちろん、賭け事に夢中になって翌日の昼過ぎどころか、通り越して夕方、果てはその翌日の明け方まで……などという話は、どこの都のサロンにもありふれている話であるし、ここでも例外ではない。

その証拠に、目を血走らせ、そのうえ幾日《いくにち》寝《ね》てないのか……そんなクマを作った紳士やご婦人方の姿が、あちらこちらの卓に見える。

「建物自体もそうだが、中身もずいぶん金がかかった建物だな」

オスカーが呆《あき》れたように周囲を見渡《みわた》しながら言う。

なるほど、賭博場の広大な部屋は、どこの宮殿の大広間か？　と見まごうばかりの、豪華絢爛《ごうかけんらん》さだ。高名な画家の絵が壁《かべ》や天井《てんじよう》を飾《かざ》り、女神《めがみ》や男神の美しい彫像が何体も飾られている。その隙間《すきま》を埋《う》めるように、これまた金泥《こんでい》の天使が微笑み、七宝の薔薇《ばら》が咲《さ》く。

その豪華さも派手さも、かの成金国家バルナークも顔負けである。

「そりゃ、その内装の豪華さで気持ちよくなって、客がたくさんお金を落としてくれるなら、少ない投資だからね」

人目があるため、セシルがこそこそとオスカーに話しかける。

そうは言っても、黒衣の美丈夫《びじようふ》のオスカーと、三国一の美姫《びき》と呼ばれるセシルが連れだって歩けば自然、視線を浴びる。まして、ここは身分を隠《かく》して集まった高貴な人々の集まり、二人の正体もバレバレなのはいうまでもない。

しかし、ここでの決まり事が幸いして、二人にあえてお近づきになろうなどというものはいなかった。お互い偽《いつわ》りの身分でここで知り合ったとしても、外に出れば素知らぬ関係になるのだ。それ以前にみな、自分の賭け事に忙《いそが》しく、またオスカーの姿を見ても堅物《かたぶつ》で有名なアキテーヌの宰相《さいしょう》がこんなところにいるなんて信じられないと、目を見開き口をあんぐりと開ける。そんな反応がほとんどだ。

「俺は嫌《きら》いではないけどな。こういう商売」

セシルはくすくすと笑いながら言う。

「修道院が経営する博打場《ばくち》がか？」

「そう言ってしまえば元も子もないけど、でも、その〝あがり〟で貧しい人々が助かっているのは本当なんだから、いいんじゃないかな？　寄付には渋《しぶ》るみなさんも、ここでは心地《ここち》よく遊んでお金を落としていって下さるんだし」

「貧しい者に施《ほどこ》しを与《あた》えていた元義賊《ぎぞく》のローゼンクロイツとしては、共感を覚えるか？」

「もう……それは言わないの！」

眉間《みけん》にしわを寄せていたオスカーも、可愛《かわい》い妻が唇《くちびる》を尖《とが》らせて拗《す》ねるのを見て、ようやくその口元をほころばせる。

「どうしてですか！」

聞き覚えのある甲高《かんだか》い声。思わず反射的に、セシルとオスカーは振り返る。

「なぜです！　なぜ、赤の71番を出さないのです！」

ルーレットの卓にマリーの姿が。胴元《どうもと》である男に食ってかかっている。

「お客様、なぜとおっしゃられても、わたくしどもでさえ出目を操作できないのがルーレットというものでございます。まして、そんなことをしたらイカサマに……

……」

「ま、まあ、わたくしがイカサマをしろと脅《おど》したとでもいうのですか！」

どうやら、負け続けで逆上したマリーは、胴元の言葉など耳に入っていないらしい。言葉尻《ことばじり》だけを捕《と》らえて、まったくわけのわからない文句をキンキンと響《ひび》く声で言い立てる。

「そ、そんなことは申し上げていません」

「では、今度、わたくしがチップを置いた数字を出しなさい！」

「出来ません！　それでは本当にイカサマになってしまいます！」

「やっぱりわたくしをイカサマ師だと言うのですか！」

「マ、マリーや。落ち着いて……」

隣《となり》に座っていたヴェルナーも、愛妾《あいしょう》をいさめるというより、なだめるような猫撫《ねこな》で声を出す。

「陛下は黙《だま》っていてください！」

「は、はい……」

　ここではヴェルナーは陛下と呼ばれる身分ではなく、ルーシーのオルソロフ伯《はく》爵《しゃく》なのだが、そんなことは頭から吹き飛んでいるらしい。

　マリーの迫力《はくりょく》にヴェルナーは沈黙《ちんもく》し、マリーは再び胴元に食ってかかる。

「とにかく、次は赤の71番です！　絶対に出しなさい！」

「ですから、そのようなことは出来ません！」

「出来ないですって！　わたくしを誰《だれ》だと思っているのですか！　畏《おそ》れ多くもファーレン皇帝《こうてい》の公式愛妾ハノーヴァーですよ！」

「ですから、お客様がどのような方であろうと、わたくしどもは不正をいたすわけにまいりません」

「なんて生意気な！　これ以上、わたくしの要求を拒否《きょひ》するというのなら、この館《やかた》に軍隊を差し向けますよ！」

「マ、マリーや！　それはやりすぎ……」

「なにを言っているのです！　陛下！　これは、ファーレンに対する重大な侮辱《ぶじょく》です！　このわたくしの要求を聞けないとは、陛下のお言葉を無視するも同じ。わたくしは陛下の僕《しもべ》として断じて許すことは出来ません！」

　訳の分からない理屈《りくつ》を言い出すマリー。この騒《さわ》ぎに、他の客が卓の周りを取り囲

み、目を丸くして見ている。

「……ファーレンとシュヴィッツの戦《いくさ》の理由が、愛妾殿《どの》の博打の出目が思い通りにならなかったからなんて」

「なかなかに、深刻な開戦理由だな」

　セシル達は他人のふりをして、その場をそっと離れた。


「しばらく別々に行動しない？」

　セシルの言葉に、とたんにオスカーはその端整《たんせい》な眉《まゆ》を寄せる。

「今度はどこの国に攫《さら》われるつもりだ？」

「ちょっと……オスカー」

「アルビオン、ナセルダラン、ロンバルディア……それともまた新手に目をつけられて別の国か？」

「そう、簡単に攫われたりしないよ」

「いつもそう言って、私の前から消えるのは誰だ？」

「…………」

　セシルは一瞬《いっしゅん》むっと口を引き結んだが、しかしすかさず反論のために口を開く。

「いくらなんでもこんな人の多い場所で攫おうだなんて、考える馬鹿《ばか》はいないよ」

「恋《こい》にとち狂《くる》った馬鹿者は考えるかもしれないぞ」

「あの王子様あたりはそうかもね……」

とヴァンダリスが聞いたら『私はそのような野蛮人《やばんじん》ではない！』と怒《おこ》り出しそうなことを、セシルは言い。

「どっちにしても、俺もお姫様《ひめさま》みたいに大人しくしてるつもりもない。それにこの部屋からけして出ないし、人気のない場所にもいかない。それならいいだろう？」

「ね？」と可愛らしく小首をかしげる妻に、オスカーはため息を一つ。

「いいだろう。けして部屋から出るなよ。少しでも危ないと思ったら」

「わかってる。そのときは、きゃあとでも悲鳴をあげて、せいぜい人目を引くことにするよ。すぐにこの館の衛兵がとんでくるだろうからね。それとも、誰かさんが怖《こわ》い顔してやってくるかな？」

「あのな、セシル」

「じゃあ、俺、行くから」

これ以上、口うるさい夫のお小言を食《く》らっては大変とばかり、セシルが身をひるがえす。空を飛ぶ燕《つばめ》のように軽《かろ》やかな足取りで歩み去る。そのほっそりとした背中をしばらく見つめていたオスカーだったが「まったく……」と呟《つぶや》いて視線を外す。

セシルが別行動を言い出した訳は分かっているのだ。妻がそばにいては、堅物《かたぶつ》の夫は賭《か》け事で遊ぶことなど出来ないだろうと……だから、自分は自分で遊ぶから、

あなたも羽を伸《の》ばして遊んでと。

しかし、オスカーとしては、魅力《みりょく》的な妻が他の男に目をつけられないか、気になってしかたがない。いや、すでにその危険性があるアルビオンの王子に、ナセルダランのスルタン……二人もここをうろついているのだ。そのうえに、あのアルマン。

セシルを信頼《しんらい》していないわけではない。あれが他の男の誘惑《ゆうわく》に乗るとも、確かに人目のあるようなこんな場所で攫われるような、そんなうかつなことをするとも思えない。

思えないが……しかし、それと案ずるなというのは、別の話だ。

あの自由な小鳥は地上で待つ者の心配など取り越し苦労と笑うだろうが、しかし、こちらの気持ちも少しは理解して欲《ほ》しいものだ。

「お一人ですかな」

かけられた声。軽薄《けいはく》なその口調。振《ふ》り返るには、あまりにも聞き覚えがありすぎて、オスカーは反射的に無視して通り過ぎようとする。

「お聞こえにならなかったようだ」

「お歳《とし》なのだろう。耳が遠くなるのは仕方ない」

そう応じた、若い声にオスカーはくるりと振り返る。

「私はまだそのような歳ではありません」

「おお、聞かれていたのですか？」

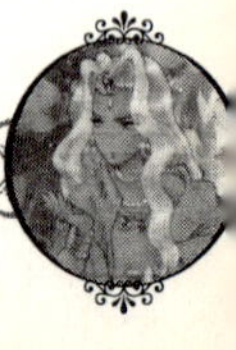

「それなのに無視して通り過ぎようとされるなど、お人が悪い」

アルマンはわざとらしく驚《おどろ》き、ヴァンダリスは挑発《ちょうはつ》的に口元の片端《かたはし》をつり上げる。

「どうですかな？　私たちとご一緒《いっしょ》にカードなど？」

そう誘《さそ》ったのはヴァンダリス。アルマンがそれに応じるように「二人だけではどう考えても盛り上がらないので、御相手《おあいて》を探していたのですよ」とつなげる。

二人がいるのはカードつなげの卓《たく》。札を人数分配して、数字をつなげていく、単純なものだ。だが、それだけにどの札を出すか、もしくは意識して止めるか、賭《と》博《ばく》の中でも運不運ではなく、本人の技量が要求される人気のある遊技だ。

「いや、私は……」

オスカーは断ろうと口を開きかけて、しかし、途中《とちゅう》で止める。

視界の端に、とある人物の姿を捕らえたからだ。

「そちらの方もどうですかな？」

「それは余のことか？」

オスカーに声をかけられ、ファルザードが振り返る。オスカーは、彼らしくないといえばない、愛想《あいそ》の良さで。

「ええ、こちらの方が人数が足りなくて困っていらっしゃるそうで」

オスカーの背後で、アルマンとヴァンダリスは彼の意図がわからず顔を見合わせている。

「なるほど、それは余への挑戦というわけか？」

ファルザードが言う。

アルマンを除いて、男三人はいずれもセシルを争い合う間柄《あいだがら》だ。オスカーとしては自分は正式な〝夫〟なのだ。あとの二人は間男どころか、勝手に横恋慕《よこれんぼ》している負け犬といいたいところだが。

ここはグラン・ディアマン。政《まつりごと》の話は厳禁、まして剣《けん》を交えて決着をつけるなどもってのほかだ。ならばここでの決着の仕方……つまりは博打《ばくち》で勝負か？　とファルザードは聞いているのだ。

「……どういう意味かわかりませんが、しかしあなたがそう思われるなら、ご自由にどうぞ」

オスカーは気むずかしい表情でこちらを見るスルタンを、わざと挑発するように不敵に微笑《びしょう》してみせる。

「挑戦ならば受けねばなるまい？　勝負を避《さ》けたなどというそしりは受けたくないからな」

ファルザードはそう応《こた》え、オスカーより先にアルマンとヴァンダリスが座る卓の席に着く。

オスカーもそれに続いて椅子《いす》に腰《こし》を下ろしながら、腹の中で思っていたのは。

――やれやれ、とりあえず危ない三人をここに集めておけば、セシルの身は安全だからな。

つまりはそういう訳である。

遊びとはいえ、もともと負けず嫌《ぎら》いの男が四人そろったのである。始まれば、皆《みな》、真剣に熱中した。

一巡目《いちじゅんめ》はファルザードがオスカーと最後まで競《せ》り合い勝利を収め、二巡目はそのお返しとばかりオスカーが。そして三巡目は、その男二人の火花散る戦いの間隙《かんげき》を縫《ぬ》うようにして、アルマンが最終的にちゃっかりと勝利を収めた。

しかし、その男達の中で納得《なっとく》出来ないものが一人。

「ふ、ふん、所詮《しょせん》はカード。子供の遊びではないか」

ヴァンダリスが馬鹿にしたように言う。しかしその笑《え》みは引きつり、握《にぎ》りしめた拳《こぶし》は惨敗《ざんぱい》の屈辱《くつじょく》に震《ふる》えていた。

「それで今までこちらに勝ちを譲《ゆず》って頂いていたわけですか」

「たいした余裕《よゆう》だ。ならば次こそ本気を見せてもらいたいものだな」

オスカーが嫌《いや》みったらしく慇懃《いんぎん》無礼な口調で言い、ファルザードが馬鹿にしたようにふん！　と鼻を鳴らす。

怒気《どき》に顔を赤くして、思わず立ち上がりかけたヴァンダリスだが、横にいたアル

マンに「まあまあ、勝負は時の運と申します」となだめられて、不承不承の様子ながら再び着席する。

「確かに、ここにいる方々にとっては、少しの金額が動く賭《か》け事など、子供の遊び。本物の戦いに比べれば、少しも心ときめくものでは、ありますまい」

アルマンがそう切り出す。

「ならばもっと大金を賭けろというのか？　全財産でも賭ければ、確かに背中に冷や汗《あせ》をかくかもしれないがな」

オスカーがくだらないと口元を歪《ゆが》める。アルマンも「いや……」と応じ。

「金額の大小ではありますまい。それに、おそらくどんな高価な宝石、城、絵、それが賞品だとしても、あなたがたの興味など引くことはできますまい？」

「確かにな。では、国一つでも賭けるか？」

この面々からすると、冗談《じょうだん》にならない冗談を言い出したのはファルザード。

「余はそれでもかまわんぞ。賭ける領地ならいくらでもあるのでな。しかし、それではそちらのほうが困るのではないかな？　一つ賭けてしまえば、あとがないわけだからな」

さすが、東大陸の大国、のみならず西大陸にもその領土の一部を持つ、ナセルダランの大帝《たいてい》と言うべきか。その領土の一つや二つ賭けても、いたくもかゆくもないという不遜《ふそん》な態度で口元を歪める。

そのうえ、お前達の国など、その自分が賭ける領土の一つと同じ大きさだと、暗に言われたオスカーと……そして特にヴァンダリスなどその眼差《まなざ》しだけで焼き尽《つ》くしそうな勢いで、ファルザードを睨《にら》み付ける。

「いや……そのような大げさなものでなくとも、良いのです」

アルマンが首を振る。だいたいそんなことになれば、賭けるものがないのは、この男なのだ。将来、その野望を燃やして盗《と》るはずのアキテーヌの領土と、西大陸全体……などという妄想《もうそう》の領土など、誰《だれ》もその賭け金と認めてはくれないだろう。

「それに金や領土などの品物を賭けるなど、まったく無粋《ぶすい》なことです。ここは中世の決闘《けっとう》の儀式《ぎしき》にならって……」

「すごい顔触《かおぶ》れがそろっているね」

その声にアルマン以外の男三人がはじかれたように振り返る。

果たしてそこには、可愛《かわい》らしく小首をかしげ、少し呆《あき》れたような眼差しを向ける、セシルの姿が。

「ここにカードが無ければ、二つの大陸の運命を左右するどんな密談が繰《く》り広げられているのかと、聞き耳を立てるものがいそうですわね」

ごく自然に、オスカーの席の後ろに立つ。その可憐《かれん》なドレス姿に、他の男二人、ヴァンダリスとファルザードは、いずれも露骨《ろこつ》ではないにしろ軽い失望と羨望《せんぼう》の眼差しを前に座る男、オスカーに向ける。

「いや、楽しく遊ばせていただいていたが」

「そう？」

「ああ」

これ見よがしに、その白い手を取るオスカー。こちらを炎《ほのお》のような視線で見る男二人をちらり見て、口の端をつりあげる。

「……にしても、全財産だの国を賭けるだの、ずいぶん物騒《ぶっそう》なお話をされていたみたいですけど？」

「お話を聞かれていたなら話は早い」

アルマンは大仰《おおぎょう》に声を張り上げ。

「どうですかな？　そこの女神《めがみ》のように美しい方。あなたの口づけを、この男達の戦いの賞品にしては？」

「いいですわよ」

「セシル！」

とたんオスカーが険しい声をあげる。その寄った眉間《みけん》の皺《しわ》にセシルは白い指を二本押し当てて。

「そんな顔をなさらないの。こんなのお遊びですもの。これぐらいのおふざけはあっても、よろしいでしょう？」

確かに、この程度の戯《たわむ》れなど、よくあることなのだ。それにいちいち目くじらを立てる夫など、度量がないと笑われても仕方ないが。

「そうですな。それに奥方の唇《くちびる》を奪《うば》われたくなければ、あなたが勝てばよろしいことだ」

そうアルマンが言い、オスカーにぎろりと視線を向けられるが、彼はめげず却《かえ》って楽しそうに口元を歪める。どころか、隣《となり》の席なのをいいことに、身体《からだ》を寄せオスカーの耳元にそっとささやく。

「僕は、君の口づけでもいいんだけどねぇ、オスカー」

ぞぞっとオスカーの背筋に冷たいものが走り、手が出たのは反射的だ。「あ……」と声をあげたのはセシル。

気がつけばオスカーの裏拳《うらけん》が、アルマンの顔面にめり込んでいた。

「……相変わらず……君はキツイね……」

たらりと垂れる鼻血。ばたーんと派手な音を立てて、アルマンが椅子ごと後ろにひっくり返る。

「失礼」

いつの間にやって来たのか……そもそも初めから主人夫婦の旅行についてきたのか？　現れたピネが、伸《の》びたアルマンを荷物のように担《かつ》いで連れていく。

「では、始めましょうか」

とオスカーが言えば、「うむ」「そうですな」とファルザード、ヴァンダリスも頷《うなず》き、男三人は何事もなかったように、手札を分け始めた。

「ハシバミの十番を止めているのは誰だ？」

うなり声をあげるヴァンダリス。指はいらいらと卓《たく》を叩《たた》き、視線はさっきから自分の手札と、止まっているハシバミの九番から先を往復している。目は血走り、ぎりぎりと音がしそうなほど歯を噛《か》みしめるその表情は、かなりいらだっていた。

「余だ」

しらりと応えたのはファルザード。目の前の若者の感情を露《あら》わにした顔とは正反対に、こちらはまったく無表情だ。

実際のところ、ヴァンダリスが先ほどから最下位なのは、それに原因がある。駆《か》け引きが大切なこのカードつなげにおいて、彼はとにかく正直に顔に出すぎるのだ。

もっとも、オスカーにファルザード、それに今はいないがアルマン。この三人の男を相手にして、彼のような若造に対等に張り合えというのが無理な話なのだが。

「ならば、出せ！」

そう、ファルザードに正直に要求してしまうところからして、だ。

「断る」

「なぜだ！」

「札をつなげるかつなげないかは、余の自由だ。駆け引きとして止めるのも余の勝手ということだ」

ファルザードの言うことはごもっとも。

しかし、負けがこんでヴァンダリスも頭に血が昇《のぼ》っている。そのような冷静な反論も、火に油を注ぐばかりだ。

「ええい！　卑怯者《ひきょうもの》！　出せ！」

「卑怯なのも戦略の一つであろう。それともお前は戦場で相手が、正々堂々と闘《たたか》わず、卑怯だから負けたと言い訳するのか？　それこそ、愚《おろ》かの極《きわ》みだな」

「私を愚者《おろかもの》だと申すか！」

「ああ、そうだ、若造」

「わ、若造だと！　た、度重《たびかさ》なる侮辱《ぶじょく》！　許さん！」

ついに腰《こし》の剣《けん》を抜《ぬ》き、振《ふ》りかざすヴァンダリス。きゃあ！　とこの美男子三人の戦いに注目していた貴婦人方の悲鳴があがる。

その悲鳴を聞きつけてすかさず衛兵が飛んできた。あわてて、ヴァンダリスを大勢で羽交《はが》い締《じ》めにし。

「お客様！　そのようなものを振り回されては危のうございます！」

「騎士《きし》たる者、このような侮辱を受けて黙《だま》っていろというのか！　私はこの無礼者を叩っ斬《き》る！」

「お、お気持ちはよくわかりますが、しかし少し外の空気を吸われれば落ち着かれるはず。こちらへ」

「おい！　どこへ連れていく！　私を誰だと思っている！　無礼者！　離《はな》せ！　離せ！」

　ヴァンダリスは衛兵達に引きずられ、声はやがて遠ざかり、その姿も黄金《おうごん》の両開きの扉《とびら》の向こうに消えた。

　目を丸くしている周囲の人々とは裏腹、ファルザードが冷静な声で言った。

「さて、勝負の続きだ」

「そうですな。初めからやり直しますかな？」

「いや、このままで若造の札を並べればよい」

「では、それで」

「ならば、わたくしが並べますわ」

　セシルが、ヴァンダリスの手札を全《すべ》て並べて続きとなる。

　そこから先は、一進一退の攻防《こうぼう》となった。二人とも、互《たが》いの腹を探《さぐ》り合い、ぎりぎりのところでせき止めていた札を出す……ということを繰り返すこと三回。

　それぞれの手元には札が一枚ずつということになった。

　しかし、二人の表情は浮《う》かない。

「そちらの番だが」

「いえ、残念ながら出す札がありません」

そう言えるのは三回まで、オスカーはこれで四回目であるから、結果、負けとなる。

しかし、オスカーはすこしも焦《あせ》った顔はみせず、ファルザードに問う。

「そちらは？」

「いや、こちらも出す札がない」

ファルザードもオスカーと同じ数だけ、つまり三回回避《かいひ》している。これが四回目という訳だから、こちらも負けだ。

しかし、それではおかしい。

止められている札は、薔薇《ばら》の十一番。この先に十二番、十三番と続いてあがりとなるわけだから、その札が一枚足りないということになる。

「そのカードならばわたくしが持っていますわ」

そう言ったのはなんとセシル。ドレスの胸元《むなもと》から取り出して、置いたカードはなんと道化師が角笛を吹《ふ》く札。

カードつなげのルールでは万能《ばんのう》であるこの札《ジョーカー》は、そもそもオスカー達の卓では、より厳しいやりかたでやろうと、採用しなかったもの。つまりは、元から交じっていないはずの札。

消えた薔薇の十一番もセシルが隠《かく》したのだろう。おそらくは、あのヴァンダリス

の札を置いたときに。

セシルは呆然《ぼうぜん》とする男達の顔を交互《こうご》に見て、その紅唇《こうしん》をほころばせる。

「お二人とも札を出さなくて済む三回の権利を使い切ったあとですから、これはわたくしの勝ちですわね」

勝ちもなにも、セシルはこの勝負にそもそも参加していない。おまけにカードをすり替《か》えたのだから、立派なイカサマだ。

しかし、この厳しい男達の目をごまかしてカードを抜き取った。それも、二人の手持ちのカードをいつの間に読み取ったのか、確実に二人が負けるカード一枚を選んだのだから……。

この鮮《あざ》やかな手並みの前に、勝ち負けにこだわって喚《わめ》くなど無粋《ぶすい》の極みだ。

ファルザードは声をあげて、いかにも愉快《ゆかい》だというように笑い。

「確かにそなたの勝ちだギュルバハル。そなたの持つカードは万能《ばんのう》」

「誰《だれ》も勝てぬ……」と呟《つぶや》いたのは、カードの意味についてか、それとも……。

見つめた、黄金の薔薇のことか。

「ええ、遠い異国のお方。わたくしの口づけはわたくしだけのもの。差し上げる殿《との》方《がた》も、わたくし自身の意思で決めますわ」

セシルはオスカーと見つめ合い、ファルザードは無言で席を立つ。

「なるほど、お前には誰も勝てないな」

オスカーはその白い手を取り、甲《こう》に口づける。

「賭《かけ》なんかしなくたって、俺の口づけはあなただけのものだよ、オスカー」

セシルは小声でそっとささやき、その唇に唇を重ねる。

⚜

一方、グラン・ディアマンの玄関前では……。

「扉を開きなさい！　わたくしを誰だと思っているのですか！」

「マ、マリーや！　これ以上、恥《はじ》を……」

「陛下！」

「は、はい！」

「なにが恥なのです！　わたくしたちを閉め出して、こんな寒空に放《ほう》り出すここのほうが、無礼者で恥知らずなのです！　きっと正さねばなりません！　開けなさい！　開けなさいと言っているのです！　わたくしと、この横にいる方を誰だと思っているのですか！」

ぴったりと閉まった門に向かって、わめき続けるマリーと、その横でおろおろしているヴェルナー。

「……こ、今度、ここを訪《おとず》れたときは必ず勝つ！　いや！　それだけではない！

私は西大陸だけではなく、あの憎《にく》らしいスルタンの国もとるぞ！　おい！　聞いているのか！　ハロルド！」

拳《こぶし》を握《にぎ》りしめ、再戦を誓《ちか》うヴァンダリスの姿と、そして……。

「相変わらず、君はつれないねぇ……オスカー」

と鼻血を垂らしたまま、なぜか幸せそうに呟くアルマンの姿があった。

ローゼンクロイツ

名場面セレクション

数あるローゼンの美麗イラストから、
特に選りすぐりの名場面をセレクト！
名フレーズ＆志麻先生の感激コメントつき。

Rosen-Kreuz scene selection

いたずらっぽく光る青灰色の大きな瞳。
けぶるように繊細な蜂蜜色に輝く髪。
どこから見ても、立派な姫君だ。
これが男だとは誰も思いもしないだろう。

（「ローゼンクロイツ　仮面の貴婦人」より）

初めて見たときにセシルだ!と思いましたね。綺麗で可愛らしくいたずらっぽく微笑む妖精のような……という頭の中のセシルそのものでした。とにかく第一印象で、セシルはこれそのものだ!と確定した瞬間でした。

【Cecile】

RK

「軟弱な貴族の作法など、私の妻となったからには、
通用しないことを教え込まなければならないようだな。
言っておくがここは、
愛妾の息子が政治を執る野蛮なアキテーヌだ」

（「ローゼンクロイツ　仮面の貴婦人」より）

前のセシルのコメントとだぶりますが、やはりまさしくオスカー！という感じでした。実は私ははじめ彼を短髪で考えていたんです。でも、これ見たとたんに長髪にビジュアルが瞬間修正されました。今ではオスカーは長髪！で決まりです。

【Oscar】

大丈夫だと思う。うん、平気だ。
たとえ二度と会えなくても目を閉じればこんなに鮮やかにあの不機嫌な顔を思い出すことができるから。
優しい微笑みも。

（「ローゼンクロイツ　アルビオンの騎士（後編）」より）

本当はこの時代にはウエディングドレスって無かったんですけどね。ただ、やはりセシルの悲しみの花嫁という状況を象徴するドレスということで。うしろの枢機卿様が実は……っていうのもポイントですね。

【Cecile&Vandalis&???】

RK「わたくしは陛下をお恨みしてはいません。
恨んだりしたらバチが当たるでしょう。
……あなたという…宝物を…
授けてくださったのです……から……」
（「ローゼンクロイツ　4つの変奏曲」所収『白い手の貴婦人』より）

イレーヌさんはマリーとは正反対のキャラとして書いた方です。理想の母。マリア様ですね。それが、ピネに人の心を与えたというこのお話は大好きなんです。私はピネLOVEですから。

【Oscar&Irene&Pinet】

「これからは姫をただ一人の主とし、
お仕え申し上げることを誓います」
「そ、それは頼もしいことじゃ」青年に口づけられた手の甲をもう片方の手で押さえ、マルガリーテはうわずった声を出した。
（「ローゼンクロイツ　エーベルハイトの公女」より）

シリーズ通じてこの「エーベルハイト」は、セシルの騎士（ナイト）っぷりが際だっていた巻かと。貴婦人姿もいいですが、騎士姿のセシルって本当に白馬の王子様ですからね。マルガリーテが一目惚れしちゃうのも無理からぬところだと思います。

【Cecile&Marguerite】

RK

「は、放せ！」

「お、おい、暴れるな！」

「へ、へ、変なことしなかっただろうな！」

「するか！　俺は男にどうこうする趣味はない！」

（「ローゼンクロイツ　カレリヤンブルクの冬宮」より）

オスカーにはばれてなかったですけど、なんにも無かったとはいえ、裸で男と抱き合って……いや温めてもらっていたんですけど。ミーシャは作者的にも好きなキャラでした。唯一セシルに惚れない。幼い頃の婚約者を大切に思ってる。髭を剃ったら美男子というのも、お気に入りなんですけど（笑）。

【Cecile&Misha】

「だまれ！」弧を描き小姓の頭に見事命中して床に転がったのは、かじりかけの林檎。
「余は忙しい。いつもなら寝ながら夢うつつに無駄に長い型どおりの文句を聞くところだが、その時間も惜しい」

（「ローゼンクロイツ　黄金の都のスルタン」より）

先のセシルとオスカーの絵と同じく、これぞファルザード！です。とにかく、頭の中のスルタンのイメージそのもので、私はますます彼のファンに。いや、おかげで下巻なんてオスカーよりも目立っちゃって困ったことに（笑）。

【Farzad】

　セシルもオスカーのあとに続く。しかし、アルマンが倒れているその二、三歩手前で立ち止まった。
　なぜか、彼に近づくのがためらわれたのだ。正確には、彼とオスカーにと言うべきだろうか？

（「ローゼンクロイツ　永遠なる王都」より）

【Armand&Oscar】

やはりアルマンはこのシーンでしょう。鏡に映ったセシルとそのうしろの人々と、そして死したアルマンとオスカー。ある意味二人の、誰も立ち入れない……セシルでさえ入れない、この複雑な男達の関係を表している絵だと思いました。

「言いかたが悪かったな。愛してるセシル。

ずっと私のそばにいてくれ」

もう、観念するしかないではないか。どんな鎖や縄よりも、この腕はセシルを捕らえ逃がさない、甘く優しい牢獄だ。


（「ローゼンクロイツ　仮面の貴婦人」より）

このキスシーンですが、はい、第一巻目と最終巻が同じアングルの絵。同じ言葉で締められているんですね。実は、「永遠なる王都」を書き上げる最後の最後まで、そういう予定はなかったんですよ。（続く→）

【Cecile&Oscar】

「俺もだよ、ずっとあなたのそばにいる」
二つの唇が重なる。
名宰相とその夫人は、その後も王を支え、
長らくアキテーヌは繁栄することになったという。

（「ローゼンクロイツ　永遠なる王都」より）

【Cecile&Oscar】

（↓）ただ、最後まで書いたらそうなったと……。やはり物語の最後は、王子様とお姫様は結ばれてハッピーエンドと。それが一番だと思います。ちょっと変則的なお姫様と王子様達でしたけど（笑）。

あとがき

こんにちは、志麻友紀です。

ローゼンクロイツ完結記念特集本ということで、いつもよりも〝より〟緊張《きんちょう》しております。前にもあとがきが苦手と書きましたが、それにますます拍車《はくしゃ》がかかって、なにを書いてよいものやら……。

とりあえず、今回の短編二つのお話を。一つはいつか番外でやろうと思っていた、成長したルネとマルガリーテです。「エーベルハイト」の頃《ころ》から、この二人の結婚《けっこん》式は書きたいな～と思っていたので、念願かなってとてもうれしいです。

そしてもう一つは……特集本ということでお遊びもいいですね～と担当さんと長々電話で話し合って産まれたお話です。ヴァンダリスのファンの方ごめんなさい。今回の彼、良いとこないですね。でも、志麻は情けない彼が、実は大好きだったりします。かわいいじゃないです

か？　青二才！（笑）

こうやって特集本まで出していただいて、やはりローゼンは私にとっては特別な作品だったんだなぁ……と思わずにはいられません。投稿《とうこう》作がデビュー作となり、それがここまでのシリーズとなるなんて。四年前の冬、第一回の角川ルビー小説賞ティーンズルビー部門の締《し》め切りに間に合わないと、必死になって投稿作を書いていた、あのときの私には想像もつかないことでした。

それから、挿絵《さしえ》のさいとうちほ先生には深く感謝いたします。華麗《かれい》で美しいカラーやモノクロの挿絵にはうっとりさせていただいておりました。セシルやオスカー、アルマン、ファルザードにヴァンダリス。全《すべ》てのキャラクターデザインがいつもイメージ通りで、生き生きしていて、さいとう先生の絵ではないローゼンは、考えられないぐらいです。本当にありがとうございました。

紙《し》面も尽《つ》きてまいりましたが、ローゼンはこの特集本で終わりではありません。実は十二月に短編集が出ます。雑誌「The Beans」に掲載《けいさい》された、ノワールさんの活躍《かつやく》の数々（笑）が収録される予定ですのでお楽しみに。書き下ろしもあります。

オフィシャルサイトあります。サイト名は「ぐれ〜す」。アドレスは「http://www.simasima.com/grace/」。各種携帯《けいたい》からもご覧になれますので、よろしくです。

最後までこの物語におつきあいくださり、本当にありがとうございました。あ、十二月の短編集もお忘れなく。

志麻友紀

「ローゼンクロイツ・プレザン　Grand Amour」の感想をお寄せください。
おたよりのあて先
〒102-8078　東京都千代田区富士見2-13-3
角川書店アニメ・コミック事業部ビーンズ文庫編集部気付
「志麻友紀」先生・「さいとうちほ」先生
また、編集部へのご意見ご希望は、同じ住所で「ビーンズ文庫編集部」
までお寄せください。

ローゼンクロイツ・プレザン
Grand Amour《グラン・アムール》
志麻友紀《しまゆき》　さいとうちほ

角川ビーンズ文庫　BB3-13　13519

平成16年10月1日　初版発行

発行者――井上伸一郎
発行所――株式会社角川書店
東京都千代田区富士見2-13-3
電話／編集（03）3238-8506
営業（03）3238-8521
〒102-8177　振替00130-9-195208
印刷所――暁印刷　製本所――コオトブックライン
装幀者――micro fish

ISBN4-04-445113-3 C0193 定価はカバーに明記してあります。

志麻友紀の大人気シリーズ!!
ローゼンクロイツ
華麗なる新世紀グランドロマン!!
男でありながら性別を隠し、隣国の宰相オスカーに嫁いだセシルの運命は——!?
ローゼンクロイツ
仮面の貴婦人
ローゼンクロイツ
アルビオンの騎士(前・後編)
ローゼンクロイツ
エーベルハイトの公女
ローゼンクロイツ
黄金の都のスルタン
ローゼンクロイツ
蒼き迷宮のスルタン
ローゼンクロイツ
緋色の枢機卿
ローゼンクロイツ
カレリヤンブルクの冬宮
ローゼンクロイツ
ナセルダランの嵐
ローゼンクロイツ
黒鷲卿の陰謀
ローゼンクロイツ
永遠なる王都《アンジュ》
ローゼンクロイツ・プレザン
4つ《キャトル》の変奏曲《ヴァリアシオン》
志麻友紀
イラスト さいとうちほ

●角川ビーンズ文庫●